www.ingramcontent.com/pod-product-compliance
Lightning Source LLC
LaVergne TN
LVHW050803051026
849532LV00008B/2951

* 9 7 8 9 3 6 9 0 8 2 2 6 1 *

پھانسی کے سائے میں

(افسانے)

کرشن چندر

Phaansi ke saaye mein *(Short Stories)*

by: Krishan Chander

Edition: May '2025

Publisher :

Taemeer Publications LLC (Michigan, USA / Hyderabad, India)

ISBN 978-93-6908-226-1

9 789369 082261

کتاب	:	**پھانسی کے سائے میں** (افسانے)
مصنف	:	**کرشن چندر**
صنف	:	فکشن
ناشر	:	تعمیر پبلی کیشنز (حیدرآباد، انڈیا)
سالِ اشاعت	:	۲۰۲۵ء
صفحات	:	۷۲
سرورق ڈیزائن	:	تعمیر ویب ڈیزائن

فہرست

پال

"پال!"

"یس ڈارلنگ!"

"کیا مطلب ہے تمہارا۔ میں تمہاری ڈارلنگ نہیں ہوں۔"

"تم ہو۔ میں نے جب کہہ دیا۔ بس۔ کیا تمہیں یقین نہیں آتا۔"

"میں یہ پہلے بھی سن چکی ہوں۔"

"میں یہ پہلے بھی کہہ چکا ہوں۔ کئی بار۔ پیرس میں۔"

"بڑے سؤر ہو تم۔"

"نہیں۔ میں سؤر نہیں ہوں۔ میں آرین ہوں۔ تم بھی آرین ہو۔ ہم

دونوں آرین نسل سے تعلق رکھتے ہیں۔ میں فرانسیسی ہوں۔ تم انگریز ہو۔ یہ ہندوستان ہے، اور ہم دونوں آرین نسل کے افراد اس جنگل میں، اس صحرا میں، اس ویرانے میں، اس سمندر میں اکیلے ہیں۔ ایک جزیرے کی طرح۔ بتاؤ ہم کیوں محبت نہ کریں ڈورتھی..... ڈورتھی تمہارا نام عجیب سا ہے ڈورتھی مجھے پسند نہیں ہے تمہارا نام ہونا چاہیئے تھا۔ لی زل، ازابیلا، روز، واشنا ہاں بس واشنا ٹھیک ہے، پیارا نام ہے، شرابی نام ہے مغربی فرانس کی بیلوں کی طرح لطافت ہے اس میں۔ وہ کیف، وہ بہار، وہ رعنائی.... واشنا.....!"

"بڑی عجیب باتیں کرتے ہو تم بڑی پیاری باتیں....!"

"تمہیں پسند ہیں نا یہ باتیں۔ سبھی عورتیں مجھ سے یہی کہتی ہیں۔"

"سبھی عورتیں؟..... تو کیا تم — ہٹو، مجھے جانے دو۔ میں تمہارے ساتھ کھانا نہیں کھاؤں گی۔"

"نہیں بیٹھو، انگریزی قوم بھی سچ مچ کس قدر عجیب ہے۔ محبت کے نام سے بدکتی ہے، محبت فرانسیسی کلچر کی جان ہے، اب اگر تمہاری جگہ کوئی فرانسیسی میڈموزیل ہوتی۔ تو جانتی ہو کیا کہتی..... اچھا جانے دو بیٹھو

یہ ہندوستان ہے۔ اور ہم دونوں اکیلے ہیں۔ اور آج کی رات ہماری ہے؟"

"آج کی رات؟ احمق، تم مجھے گھر پہنچا کے آؤ گے نا۔ پاپا انتظار کر رہے ہوں گے۔"

"شش شش...... پاپا کا نام نہ لو، آج کی رات ہماری ہے۔ یہ چینی رستوران ہے۔ چینی کھانا ہندوستان میں، اور ہندوستانی کھانا چین میں، میں جب چُنگ کنگ تھا۔ تو ایک ہندوستانی رستوران میں کھانا کھانے جایا کرتا تھا۔ کیا نام تھا اُس کا۔ انڈیا کافے...... انڈیا کافے...... ہائے فرانسیسی کافے یاد آتے ہیں۔ ہر روز۔ بار بار۔ ہر لمحے یاد آتے ہیں۔ یہ بھی کوئی کافے ہیں، نہ وہ نفاست ہے۔ نہ وہ نازکی، نہ وہ گفتار کا لہجہ۔ اپنی پیاری میٹھی زبان کو سننے کے لئے ترستا ہوں۔ معاف کرنا، تمہاری انگریزی تو اس طرح بولی جاتی ہے جس طرح پتھریلی سڑک پر رولر چل رہا ہو۔"

"شٹ اپ"

"سچ کہتا ہوں۔ اور سچ کو ہمیشہ شٹ اپ کہا جاتا ہے، ڈورتھی، مجھے تم سے عشق ہے۔ مجھے فرانس سے عشق ہے لیکن آج ہم دونوں اکیلے ہیں۔ بیرو! یہ کھانا یہاں نیچے رکھ دو۔ نہیں اس میز پر نہ رکھو، کھانا پھر

کھائیں گے۔ تھوڑی دیر کے بعد ہی۔ لیکن محبت نہیں رُک سکتی۔ اک لمحے کے لئے نہیں۔ گھبراتی کیوں ہو۔ یہ بیرہ اتنی انگریزی نہیں سمجھتا۔"

"فرض کرو کہ یہ سمجھتا ہے تو؟"

"تو بھی کیا پروا ہے۔ ہر روز یہ اسس ٹیبل پر اسی قسم کی گفتگو سُنتا ہے غالباً......"

"تم تو بڑے غنڈے ہو۔ مجھے افسوس ہے کہ میں تمہارے ساتھ یہاں رستوران میں چلی آئی۔"

تم یہ بات دل سے نہیں کہہ رہی ہو۔ یہ جھوٹ ہے۔ مکر ہے۔ دلفریب دھوکا ہے۔ میں اُسے خوب پہچانتا ہوں سُنو ڈورتھی۔ میں تمہیں ڈانا کہونگا۔ تمہیں کوئی اعتراض ہے۔ تمہاری آنکھیں کہے دیتی ہیں۔ تمہیں کوئی اعتراض نہیں ڈورتھی تو کو بکروں کا نام ہوتا ہے نا۔ سُنو ڈانا۔ تم بہت خوبصورت ہو۔ اس سے پہلے بھی تمہیں کئی انگریز مردوں نے یہ بتایا ہوگا۔ پر آج ایک فرانسیسی کی زبان سے سُن لو تمہارا حسن بالکل نیا ہے۔ اس میں کنوارپنے کی تازگی ہے۔ مجھے تمہاری آنکھیں بہت پسند ہیں۔ بالکل سنزل، اور وہ شفاف پتلیوں کی گہرائیاں، اور یہ دلربا رنگت، جیسے زیتون میں شہد ملا ہو۔ اور یہ بال، بلانڈ، صحرائی ریت کی

طرح تابناک، آہا کیسی اچھی خوشبو آرہی ہے ان میں سے.....

"ہٹو۔ مجھے نہ چھوڑو۔"

"کیسی اچھی خوشبو آرہی ہے ان میں سے۔ اچھی۔ پیاری۔ ہلکی نمکین جیسے بحر شمالی کی ہواؤں کی تازگی اور خنکی ان میں رچی ہوئی ہے۔ آہ — اے انگریز عورت۔ تو نے کبھی کسی فرانسیسی سے محبت کی ہے۔ نہیں؟ تو تو نے زندگی میں محبت کی معراج کھو دی ہے۔ مجھ سے عشق کر۔"

"سچ مچ بڑے باتونی ہو۔ شاید اسی لئے مجھے کچھ کچھ پسند ہو۔"

"ہاں۔ اب آئیں راہ راست پر۔ ہر عورت پہلے بھٹک جاتی ہے پھر راہِ راست پر آجاتی ہے۔ کم از کم میرا تجربہ تو یہی کہتا ہے۔"

تمہارا تجربہ؟ اُف کس قدر بے حیا ہو تم۔"

سچی بات کہتا ہوں۔ اُس ملک کا بیٹا ہوں جس نے انقلاب کی پہلی موج کو جنم دیا۔ سچی بات کہتا ہوں۔ وائنا، تم مجھے پسند کرتی ہو۔ میں تمہیں پسند کرتا ہوں۔ اور ہم دونوں اکیلے ہیں۔ اور یہ ہندوستان ہے اور آج جنگ ہے۔ اور موت کا طبل بج رہا ہے۔ ہو سکتا ہے میں کل مر جاؤں، تم پُونا سے تبدیل ہو کر اسکندر آباد چلی جاؤ یا مونگھیر، یا کوئی اسی قسم

کا ذلیل مقام، پھر آج یہ جو اتفاق سے ہم تم دونوں اکٹھے ہوئے ہیں۔ پھر کب مل سکیں گے۔ میں اسے معجزہ نہیں کہتا۔ اتفاق کہتا ہوں۔ لاکھوں لاکھوں لاکھوں لاکھوں گردشوں کے درمیان دو ذرّے ٹکرا گئے۔ میں اور تم ...... آؤ اس لمحے کو مکمل کر لیں۔ میں پونا ہوٹل میں رہتا ہوں۔ میرے پاس ایک کمرہ ہے۔ اُدھر چاروں طرف خاموشی ہے۔ زندگی سو رہی ہے۔ کھڑکی میں گلاب کی بیلیں ہیں۔ دو بڑے بڑے پھول، دو پاکیزہ آنسوؤں کی طرح تمہارے بالوں میں جگمگاتے نظر آئیں گے۔ آہ ڈارلنگ!"

"بھئی مجھے سخت بھوک لگ رہی ہے۔"

"تو آؤ کھانا کھائیں۔ مادّی باتوں کا ذکر کرو گی۔ انگریز عورت جو ٹھیریں فرانسیسی ہمیشہ محبت کو ترجیح دیتا ہے، انگریز کھانے کو۔ معاف کرنا ڈارلنگ یہ مادیت تمہارے سامراج کی بنیاد ہے جس میں ہندوستان بھی شامل ہے۔ کہو اس ملک کے بارے میں تمہارا کیا خیال ہے؟"

"میں نے دیکھا ہی نہیں اسے ابھی تک مگر اتنا ضرور جانتی ہوں کہ۔۔۔ کہ اس میں بدبو بہت ہے۔"

"بدبو؟ شاید تم ٹھیک کہتی ہو۔ یہ ملک بدبوؤں سے بھرا ہوا ہے

اور ہم تم دونوں اکیلے ہیں۔ دو پاک و صاف سفید آرین نسل کے فرد۔ آؤ بھول جائیں۔ ایک دوسرے میں مدغم ہو جائیں — پچ..... پچ.....'

"کوئی دیکھ لے گا۔ کوئی سُن لے گا۔"

"پچ..... پچ....."

"..... روٹی....."

"گٹ آؤٹ بیرہ....."

"پالی"

"ہاں پیارے!"

"ان سے لو۔ یہ اختر ہیں، ہندوستان کے بہت بڑے شاعر، یہ جاوید ہیں ہندوستان کے بہت بڑے ایکٹر۔ یہ ویاس ہیں، ہندوستان کے بہت بڑے کوی، یہ اننت ہیں ہندوستان کے بہت بڑے شکاری!"

"اور اس کمرے میں لڑکی ایک بھی نہیں۔ تم لوگ، ہندوستان کے بڑے لوگ عورت کے بغیر زندگی کس طرح بسر کرتے ہو؟"

ہم میں سے کوئی شخص بھی عورت کے بغیر زندگی بسر نہیں کرتا۔ ہم لوگ

بیوی بچّوں والے ہیں ۔ ماں بہنوں والے ہیں ، عشق بھی کرتے ہیں ۔ داشتائیں بھی رکھتے ہیں ۔"

"مگر پھر بھی ایسا معلوم ہوتا ہے ۔ معاف کرنا ۔ مجھے ایسا معلوم ہوتا ہے جیسے ہر ہندوستانی نے اپنی عورت کو خوابگاہ کی چار دیواری میں قید کر رکھا ہے ، مجھے گھٹن سی محسوس ہوتی ہے یہاں ، اک عجیب بیکلی ۔ خلا مجھے ہر طرف پردے اور دیواریں نظر آتی ہیں ۔ جی چاہتا ہے ۔ اچھا کیا بتاؤں کیا جی چاہتا ہے ۔ سُن کر کیا کرو گے ۔ میں پردیسی ہوں ۔ تم ہندوستانی ہو ، میں گورا ہوں ۔ تم کالے ہو ۔ مجھ سے نفرت کرتے ہو گے اپنے دل میں ۔ ہر یورپین سے تمہیں نفرت ہوگی ۔ میری باتوں پر تمہیں کیونکر اعتبار آئے گا ؟"

"نہیں ایسا نہیں ہے پال ، ہمیں کسی فرد سے نفرت نہیں ۔ ہم تو اسی نظامِ زندگی سے نفرت کرتے ہیں ، جو ہمارے اور تمہارے درمیان نفرت کا بیج بو رہا ہے ۔"

"کتابی باتیں نہ کہو ۔ زندگی کی زبان میں بات کرو ۔ معاف کرنا ۔ یہ کمرہ ۔ یہ لوگ یہ فرنیچر ، تمہاری رُوحانی غربت اور ذہنی افلاس کا آئینہ دار ہے ۔ کیا اس طرح رہتے ہیں ۔ مہذب لوگ ۔ یہ بھدّے پھُول پتیوں والی دری یہ بڑا

آئینہ، یہ لوہے کی سلاخوں والی کھڑکی، یہ صوفے جواب نہ یورپی ہیں۔ نہ ایشیائی، یہ کونسی تہذیب ہے۔ کونسا کلچر ہے؟ کس مسرت کی آئینہ داری کرتی ہے۔ ذرا بتادو۔ ہم تم اس کمرے میں بیٹھے ہیں، اس کمرے کی شخصیت کیا ہے؟"

"ش غش، سنبھل کر بات کرو۔ ہوش میں آؤ پاگل۔ یہ کمرہ اختر کی محبوبہ کا ہے۔"

اختر کی محبوبہ کا ہے؟ ہائے غریبی۔ معاف کرنا شاعر۔ تم شاعر ہو۔ تمہارا دل شاعر کا ہوگا لیکن اس کمرے کی روح اس قدر غریب کیوں ہے، یہ ویران دیواریں، یہ ننگے آئینے، یہ بے ڈول صوفے۔۔۔۔۔"

"کرایہ پر اٹھا لایا ہوں۔۔۔۔۔"

محبت کرائے سے نہیں خریدی جاتی، یہ محبت نہیں ہے حیوانیت ہے، جانتے ہو اگر یہ کمرہ میری محبوبہ کا ہوتا تو میں کیا کرتا۔ میں اس کمرے کی ہر دیوار کو چنبیلی کے پھولوں سے ڈھانپ دیتا چنبیلی کے نازک پھول جیسے فرانس کی کنواری۔۔۔۔ یاسمن۔۔۔۔۔ تمہارے ملک میں یاسمن کی اس قدر بہتات ہے اور پھر بھی یہ دیواریں ننگی ہیں۔ یہ آئینہ ننگا ہے۔ یہاں پر کوئی

دیوان نہیں۔ کوئی غالیچہ نہیں۔ ہوا میں تعطر نہیں۔ برآمدے میں پھولوں کی بیلیں نہیں۔ دروازوں پہ چنبیلی کے پردے کیوں نہیں۔ یہ لوہے کی سلاخیں یہاں کیا کر رہی ہیں۔ یہ تمہارے محبوب کا کمرہ ہے یا جیل خانہ پیارے اختر شاعر۔ بتاؤ۔ تم کس کلچر کی اولاد ہو۔ تم کیا تھے۔ کیا ہو گئے۔ کدھر جا رہے ہو۔ کچھ سمجھ میں نہیں آتا۔ بس یہ جانتا ہوں۔ تم اپنے افلاس۔ اپنی اپنی غلامی، اپنی مصیبتوں کے خود ذمہ دار ہو۔ معاف کرنا۔ میں سامراج کا حامی نہیں۔ میں ڈیموکریسی کا سپاہی ہوں۔ کیا تم مجھ میں کسی قسم کی مغائرت کی جھلک دیکھتے ہو؟

"نہیں۔"

"تو بس جو میں کہتا ہوں اسے ٹھیک سمجھو۔ ہا ہا ہا! چائے پلاؤ گے

"ضرور ... مگر ایک بات کہوں پال۔ تم جب بات کرتے ہو تو تمہارا ایجلا ہنٹ بڑے عجیب انداز میں آگے کو پھیل جاتا ہے —— موریس شولئیر کی طرح۔"

"ہر فرانسیسی میری طرح دلکش انداز میں اسی دلکش انداز میں باتیں کرتا ہے۔ یہ ہماری قومی خصلت ہے۔ چارلس بویاں کو فلموں میں کام کرتے

دیکھا ہوگا۔ آہ چارتس بویاں فرانسیسی اندازِ محبت کی تفسیر ہے۔ انگریز جب عشق کرتا ہے۔ تو کہتا ہے: "میں تم سے محبت کرتا ہوں" کس قدر پوچ انداز ہے یہ: "میں تم سے محبت کرتا ہوں" "تم کس قدر حسین ہو"۔ یہ عاشق کی زبان نہیں ہے۔ بیکری کے مستری کی زبان ہے۔ جب فرانسیسی عشق کرتا ہے۔ تو خوشبوؤں کی زبان میں اپنے مطالب کا اظہار کرتا ہے۔ یاسمن.. ..... یاسمن ..... اختر۔ اس کمرے کو چنبیلی کے پھولوں سے رشکِ گلزار بنادو۔ تاکہ جب تمہاری محبوبہ اٹھلاتی ہوئی اس کمرے میں داخل ہو تو تم آنکھوں کی زبان میں خوشبوؤں کے سانسوں میں اُس سے اظہارِ محبت کرسکو۔

پال۔ میں چارتس بویاں کا وہ فقرہ کبھی نہیں بھولتا جو اُس نے اپنی محبوبہ کی تعریف میں کہا تھا۔ ایک سادہ سا فقرہ ہے۔ لیکن اس سے بہتر جملہ محبت کی زبان میں آج تک ادا نہیں ہوا۔ اس نے اپنی محبوبہ کی تعریف کرتے ہوئے کہا تھا۔ تم — تم میری محبوبہ نہیں ہو۔ تم پیرس ہو!"

"پیرس..... پری..... پری..... ہائے..... ہائے.....

اس جملے پر سو جان سے نثار ہوں..... اختر تم اپنی محبوبہ سے کیا کہتے ہو بھلا؟"

"میں؟ ــــ میں تو کچھ بھی نہیں کہتا۔ بس خاموش بیٹھا اُسے تکتا رہتا ہوں۔"

"یہ ایشیا کی زبان ہے۔ محرومیت کی زبان ہے۔ غریب غلام اور گھٹے ہوئے لوگوں کی زبان ہے۔ پیار سے محبت کرنا سیکھو۔ تم خود بخود آزاد ہو جاؤ گے۔ سچ کہتا ہوں۔ یہ چائے بُری نہیں۔ لیکن پیالہ ٹوٹا ہوا ہے۔ تم لوگوں کا دل بُرا نہیں۔ لیکن یہ خول۔ یہ ماحول۔ یہ جسم اسے بدلنے کی ضرورت ہے۔ میں رنگ کا ذکر نہیں کر رہا۔ فرانسیسی قوم سفید رنگ کی قوموں میں پہلی قوم ہے جو حبشی کے رنگ سے پیار کرتی ہے۔ ہم لوگ دیوارِ رنگ میں یقین نہیں رکھتے۔ درحالیکہ امریکنوں کے ہاں بھی یہ دیوار موجود ہے۔ میں فرانسیسی ہوں۔ ڈیموکریسی کا سچا سپاہی..... اچھا تو یہ بتاؤ۔ تمہیں یورپین عورتیں پسند ہیں۔ کیوں شاعر..... تم سے تو پوچھنا بیکار ہے، اپنی محبوبہ......"

"نہیں۔ اب ایسی بھی کیا بات ہے۔ سفید رنگ کی عورتیں پسند تو ہیں۔"

"اور تم جاوید؟"

"اچھی ہوتی ہیں۔ لیکن ذرا نا صاف..... جسم سے بدبُو آتی ہے۔

ویسے بڑی صحت مند ہوتی ہیں؟

"اور تم شکاری۔ اچھا یہ بتاؤ۔ فلم ایکٹرسوں میں تمہیں کونسی پسند ہے۔"

"انگرڈ برگمین!"

سکنڈے نیوین ٹائپ ہے یعنی بالکل تمہاری ضد۔ آدمی تضاد کو اتنا کیوں پسند کرتا ہے، شاید یہ برقی قوت انسان کے اندر بھی کار فرما ہے۔ شاید یہ محبت بھی اس کے سوا اور کچھ نہیں۔ مثبت اور منفی قوت کی لہریں اُن کا تصادم محبت...... چہ خوب...... ٹھیک تو ہے۔ مجھے دیکھو میں سفید رنگ کی عورت کو بالکل پسند نہیں کرتا۔ اور انگریز عورت تو اس قدر بھدی ہے۔ کہ بالکل نظر سے اُتر چکی ہے۔ مجھے ہندوستانی عورت سے پیار ہے۔ عشق ہے۔ والہانہ محبت ہے۔ میں ہر ہندوستانی عورت سے پیار کرتا ہوں۔ ہر ایک سے۔ مجھے اُن کا رنگ پسند ہے۔ اُن کے بال پسند ہیں۔ اُن کی چال پسند ہے۔ اُن کی ہنسی پسند ہے۔ اُنکی شفقت پسند ہے۔ اُن کی مامتا۔ اُن کی حیا۔ اُن کی سمجھ...... اُن کی مظلومیت۔ ...... یہ یورپی عورت تو بخدا بڑی بدصورت ہے۔ پوڈر اور غازے میں لپی پُتی، گندی، اور اس کا سایہ اد، ٹانگیں ننگی۔ اور نیلی نیلی رگیں۔ اور

چیتلے داغ..... اُف کس قدر گھناؤنا منظر ہے..... کہاں وہ دلفریب ساریوں کا بہاؤ جیسے سمندر کی لہریں ساحل کی ریت پر..... وہ قُم قُم کا ٹیکہ ..... شاید میں بھی تمہاری طرح اپنی ضد کو پسند کرتا ہوں مجھے ہندستان میں صرف اندھرا کی عورتیں پسند ہیں، میں تو کسی ہندوستانی عورت سے شادی کروں گا۔"

"جھوٹ بولتے ہو پال تم کسی فرانسیسی کنواری، کسی گیسکاں لڑکی سے شادی کرو گے! ور جنگ کے بعد فرانسیسی شراب کی تجارت کرو گے۔ ہندوستان میں بھلا تم کیا رہو گے۔"

"یہ سچ ہے۔ میں فرانس کو نہیں چھوڑ سکتا۔ لیکن میں — میں ہندوستان کی ایک دیوی کو فرانس لے جانا چاہتا ہوں۔ میرا خیال ہے۔ میرا ملک اُس کا استقبال کرے گا۔ میرا خیال ہے میرے ماں باپ اُسے پسند کریں گے۔ میرا خیال ہے کہ وہ میرے ساتھ خوش رہ سکے گی میں ہندوستان کی روح کو سمجھتا ہوں۔ اس لئے ہندوستانی لڑکی سے شادی کرنا چاہتا ہوں۔ اُس کے لئے میں ایک چھوٹا سا مندر بنواؤں گا فرانس میں۔ یہ فرانس اور ہندوستان کی شادی ہوگی۔"

"وہ شادی جو ڈوپلے اور لالی اور نپولین نہ کر اسکا.....!"

"تم بھولتے ہو پیارے ،میں وہ فرانسیسی نہیں ہوں۔ میں روسو اور والتیئر کا فرانس ہوں۔ میں سامراجی نہیں ہوں۔ میں ڈیموکریسی کا سپاہی ہوں۔ آؤ چلو، کہیں چل کر تھوڑی سی شراب پئیں۔ اور کسی ہندوستانی لڑکی کا ناچ دیکھیں۔ مجھے ہندوستانی بازار بہت پسند ہیں۔ اور وہ سرخ سرخ پردے جن کے اندر وہ ہندوستانی لڑکیاں ناچتی ہیں..... چھم چھم ......چھم چھم...... ہا ہا ہا !"

"پال"

"ہُم"

"رینے کلیر کے بارے میں تمہاری کیا رائے ہے؟"

"بہت اچھا فلم ڈائرکٹر ہے۔ فرانس کا بہترین ہدایت کار۔ جسے ہالی وڈ نے تباہ کر دیا۔ یہی ہوتا ہے، جب کوئی فرانسیسی اپنے ملک سے باہر جاتا ہے۔ وہ تباہ ہو جاتا ہے۔ یہ قوم اسی طرح تباہ ہوئی ہے۔ تمہیں معلوم ہے میں رینے کلیر کا اسسٹنٹ رہ چکا ہوں؟"

"نہیں۔ مجھے معلوم نہ تھا۔"

"اُس کے لئے میں ایک کہانی بھی لکھ رہا تھا۔ پھر جنگ سر پر آ گئی۔ اور سب کچھ رہ گیا۔"

"اُس کہانی میں کیا تھا؟"

"ماں اور بیٹی دونوں کو ایک ہی آدمی سے عشق ہے۔ اور یہ آدمی اُس کی ماں کا ناجائز خاوند ہے۔ یعنی اُس بیٹی کا باپ۔"

"بہت خوب۔ پھر کیا ہوتا ہے؟"

"پھر ـــ مگر یہ بڑی لمبی کہانی ہے۔ آخر میں یہ ہوتا ہے۔ کہ بیٹی اور باپ خاوند اور بیوی کی طرح رہتے ہیں۔ کوئی باقاعدہ شادی نہیں ہو سکتی۔ مگر اس سے کیا ہوتا ہے۔ محبت لازوال ہے ـــ بیرہ! دو لارج وسکی لاؤ....."

"پال تم آج بہت خوش نظر آ رہے ہو۔ کیا بات ہے؟"

"ایک بات ہے تمہیں بتانا چاہتا تھا۔ مگر میں نے سوچا چوتھے پیگ کے بعد بتاؤں گا۔"

"کہو۔"

"میں کل صبح ہندوستان سے رخصت ہو رہا ہوں۔ میں فرنچ سیریا جا

رہا ہوں۔"

"اس میں خوشی کی کیا بات ہے؟"

"یہی کہ میں فرنچ سیریا جارہا ہوں۔ ہندوستان چھوڑ رہا ہوں۔ وہاں سے بحیرہ روم کا منظر شروع ہوتا ہے پیرس دو قدم پر ہے اور پھر سچ پوچھو تو وہ فرنچ سیریا ہے۔ اپنا ملک ہے۔

"پال وہ تمہارا ملک کس طرح ہے؟"

"کیا کہتے ہو تم؟"

"غور کرو۔ فرنچ سیریا، تمہیں ان لفظوں میں کچھ دکھائی دیتا ہے۔ باہر سے مت پڑھو ان لفظوں کو انہیں اندر سے پڑھو پال۔ فرنچ سیریا..... فرنچ کیوں۔ تمہیں اس میں کوئی عجیب بات نظر آتی ہے۔ فرنچ سیریا برٹش انڈیا، ڈچ بورنیو، تمہیں ان خوشرنگ، چمکتے ہوئے الفاظ کے پردوں میں کہیں تاریکی کی جھلک نظر آتی ہے!"

"یو۔ وسکی پیو......"

"پال تم کل جارہے ہو۔ میں بہت خوش ہوں۔ تم ایک ذہین فرانسیسی ہو۔ تم یورپ کے کلچر، تہذیب، اور مذہب کا بہترین آئینہ ہو۔ شراب پیو

دوست تم کل فرنچ سپیر یا جا رہے ہو۔ تا رنج کا یہ تو اتر ڈیڑھ دو سو برس سے چلا آ رہا ہے۔ ڈیڑھ دو برس کیا ہوتے ہیں۔ ڈیڑھ دو دن ڈیڑھ دو لمحے کچھ بھی نہیں دوست۔ پھر اگر کل کو یہ تو اتر بدل جائے۔ اور کوئی سپاہی تم سے کہے میں جینی فرانس۔ ہندی برطانیہ اور حبشی اطالیہ میں جا رہا ہوں۔ تو تمہیں خوشی حاصل ہوگی؟"

"بہت پی گئے ہو شاید۔ پی کر تمہارا احساس کمتری بولنے لگتا ہے"

"احساس کمتری نہیں۔ احساس برتری بول رہا ہے۔ آج معلوم ہوا تم کتنے چھچھورے ہو۔ تمہاری تہذیب وقتی ہے۔ تمہاری خوشی وقتی ہے تمہاری فوقیت وقتی ہے دوست، تم مر چکے ہو۔ کیونکہ تم نے اپنے دل میں ناانصافی اور ظلم اور بے رحمی کو جگہ دی ہے۔ ذلیل ہندوستانی!...

.....پال مجھے گھونسا مت دکھاؤ، اسے اس ہندوستانی عورت کے لئے سنبھال کر رکھو جس کے لئے تم فرانس میں مندر بنا رہے تھے۔ وہ مندر کب کا مسمار ہو چکا۔ وہ مندر جس میں روسو اور والتیر کی روح نے جنم لیا تھا۔ میں ذلیل ہوں لیکن زندہ ہوں۔ تم ارفع ہو لیکن مر چکے ہو۔ اور مجھے مُردوں سے کوئی علاقہ نہیں۔ جاؤ فرنچ سپیر یا جاؤ، یا ڈچ افریقہ،

تیسری جنگِ عظیم تمہارا انتظار کر رہی ہے۔ جس طرح دن کے بعد رات آتی ہے۔ اُسی طرح وقتی صلح کے بعد پھر جنگ آئے گی۔ کیونکہ پال تم ابھی تک نفرت کے قبرستان میں سو رہے ہو ــــ مجھے روکو نہیں۔۔۔ مجھے بولنے دو۔ آج میری باری ہے۔ اور تم فرنچ بیئر پیا جا رہے ہو اور ہم دونوں وسکی پی رہے ہیں، ایک زندہ ایک مردہ۔ ایک ذلیل، ایک بے رحم، ٹھہر جاؤ پال۔۔۔۔ یہاں سے اُٹھ کر کہاں جا رہے ہو۔۔۔۔ اپنے دوست کا آخری سلام تو لیتے جاؤ۔۔۔۔۔ سنو میں اکیلا نہیں ہوں پال۔ میں چالیس کروڑ ہوں۔۔۔۔۔ میں نفرت نہیں ہوں میں محبت ہوں۔ میں نپولین نہیں ہوں۔ میں اشوک ہوں۔ میں اکبر ہوں۔ میں گوتم ہوں۔ چشتی ہوں۔ کبیر ہوں۔ کبیر کا نام سُنا ہے تم نے؟ سنتے جاؤ پال، میں اجنتا ہوں۔ ایلورا ہوں۔ میں تاج محل ہوں۔۔۔۔ میں محبت ہوں۔ عشق و انسانیت کی تعبیر ہوں، تم آزاد ہو کر بھی محبت نہیں کر سکتے۔ میں غلام رہ کر بھی تم سے محبت کرتا ہوں، میرا گھر بڑا ہے۔ میرا دل بڑا ہے، میری روح عظیم ہے۔۔۔۔۔۔ ٹھہر جاؤ۔ پال۔ یہ چنبیلی کے پھولوں کا ہار لیتے جاؤ۔ ایک ذلیل ملک کا آخری تحفہ۔۔۔۔ سُنو۔۔۔۔۔ سُنو پال! پال!

میں تمہیں اس تیسری جنگِ عظیم سے بچانا چاہتا ہوں۔ شنوبال مجھے تم سے نفرت نہیں ہے..... مجھے تم سے نفرت نہیں ہے ......!"

غالیچہ

اب تو یہ غالیچہ پُرانا ہوچکا، لیکن آج سے دو سال پہلے جب میں نے اسے حضرت گنج میں ایک دکان سے خریدا تھا اُس وقت یہ غالیچہ بالکل معصوم تھا، اس کی جلد معصوم تھی، اس کی مسکراہٹ معصوم تھی، اس کا ہر رنگ معصوم تھا، اب نہیں۔ دو سال پہلے، اب تو اس میں زہر گھل گیا ہے، اس کا ایک ایک تار مسموم اور متعفن ہوچکا ہے، رنگ ماند پڑ گیا ہے، تبسم میں آنسوؤں کی جھلک ہے، اور جلد میں کسی آتشک زدہ مریض کی طرح جابجا گڑھے پڑ گئے ہیں، پہلے یہ غالیچہ معصوم تھا۔ اب قنوطی ہے، زہر خند ہنسی ہنستا ہے، اور اس طرح سانس لیتا ہے، جیسے کائنات کا سارا کوڑا کرکٹ اس نے اپنے

سینے میں چھپا لیا ہو۔

اس غالیچے کا قد نو فٹ ہے، چوڑائی میں پانچ فٹ، بس جتنی ایک اوسط درجے کے پلنگ کی چوڑائی ہوتی ہے، کنارا چوکور بادامی ہے، اور ڈیڑھ انچ تک گہرا ہے، اس کے بعد اصل غالیچہ شروع ہوتا ہے، اور گہرے سرخ رنگ سے شروع ہوتا ہے، یہ رنگ غالیچے کی پوری چوڑائی میں پھیلا ہوا ہے، اور دو فٹ کی لمبائی میں ہے، گویا ۲ × ۵ فٹ کی مستطیل سرخ رنگ کی ایک جھیل بن گئی ہے، لیکن اس جھیل میں بھی سرخ رنگ جھلکیاں، کئی رنگوں کے تماشے دکھاتی ہیں، گہرا سرخ، گلابی، ہلکا قرمزی، اور سرخ جیسے گندہ خون ہوتا ہے، لیٹتے وقت غالیچے کے اس حصے پر میں ہمیشہ اپنا سر رکھتا ہوں، اور مجھے ہر بار یہ احساس ہوتا ہے، کہ میرے سر میں جونکیں لگی ہیں۔ اور میرا گندہ خون چوس رہی ہیں۔

پھر اس خونی مستطیل کے نیچے پانچ اور مستطیلیں ہیں، جن کے الگ الگ رنگ ہیں۔ یہ مستطیلیں غالیچے کی پوری چوڑائی میں پھیلی ہوئی ہیں، اس طرح کہ آخری مستطیل پر غالیچے کی لمبائی بھی ختم ہو جاتی ہے، اور دری کی کور شروع ہوتی ہے،..... خونی مستطیل کے بالکل نیچے تین چھوٹی چھوٹی

مستطیلیں ہیں، پہلی سپید اور سیاہ رنگ کی شطرنجی ہے۔ دوسری سپید اور نیلے رنگ کی، تیسری بلو بلیک اور خاکی رنگ کی، یہ شطرنجیاں دُور سے بالکل چیچک کے داغوں کی طرح دکھائی دیتی ہیں، اور قریب سے دیکھنے پر بھی ان کے حسن میں زیادہ اضافہ نہیں ہوتا۔ بلکہ نیلام شدہ پرانے گرم کوٹوں کی جلد کی طرح میلی میلی اور بدنما نظر آتی ہیں۔ پہلی مستطیل اگر خون کی جھیل ہے، تو یہ تین چھوٹی چھوٹی مستطیلیں مجموعی طور پر پیپ کی جھیل کا تاثر پیدا کرتی ہیں ان کے سپید، کالے، پیلے، بلو بلیک رنگ پیپ کی جھیل میں گڈمڈ ہوتے نظر آتے ہیں، اس جھیل میں میرے شانے، میرا دل، اور میرے پھیپھڑے پسلیوں کے بکس میں دم مرے رہتے ہیں۔

چوتھی مستطیل کا رنگ پیلا ہے، اور پانچویں کا سبز ہے لیکن ایسا سبز ہے جیسے گہرے سمندر کا ہوتا ہے، ایسا سبز نہیں جس طرح موسم بہار کا ہوتا ہے۔ یہ ایک خطرناک رنگ ہے، اسے دیکھ کر شارک مچھلیوں کی یاد تازہ ہوتی ہے اور ڈوبتے ہوئے جہاز رانوں کی چیخیں سنائی دیتی ہیں، اور اچھلتی ہوئی طوفانی، دیوہیکل لہروں کی گونج اور گرج رعشہ پیدا کرتی ہے، اور یہ پیلا ٹیالا رنگ تو منحوس ہی ہے۔ یہ رنگ زعفران کی طرح بسنت کی طرح پیلا نہیں

یہ رنگ مٹی کی طرح پیلا ہے، تپ دق کے مریض کی طرح پیلا ہے، پہلے گناہ کی طرح زرد ہے، ایک ایسا زرد رنگ جس میں شاید اک ہلکا سا احساس ندامت بھی شامل ہے۔ مجھے تو ایسا معلوم ہوتا ہے، جیسے یہ مستطیل بار بار کہہ رہی ہو۔ میں کیوں ہوں، میں کیوں ہوں .....!

جہاں میں اپنا احساس رکھتا ہوں، اُس کے دائیں کونے میں نیلے اور پیلے رنگ کے دس خطوط وحدانی بنے ہوئے ہیں، اور جہاں میں اپنے پاؤں پسار کے سوتا ہوں، وہاں گیارہ خطوط وحدانی ہیں۔ یہ پیلے اور فیروزی رنگ کے ہیں، غالیچے کے وسط میں چھ خطوط وحدانی سرخ و سپید رنگ میں ہیں اور ان کے بیچ میں ایک گہرا سیاہ نقطہ ہے!..... جب میں غالیچے پر لیٹ جاتا ہوں تو مجھے ایسا معلوم ہوتا ہے۔ گویا سر سے پاؤں تک کسی نے مجھے ان خطوط وحدانی کی کڑیوں میں جکڑ لیا ہے۔ مجھے صلیب پر لٹکا کر میرے دل میں ایک گہرے سیاہ رنگ کی میخ ٹھونک دی ہے چاروں طرف گندہ خون ہے، پیپ ہے، اور سبز رنگ کا سمندر ہے۔ جو شارک مچھلیوں اور سمندری ہزار پایوں سے معمور ہے، شاید مسیح کو بھی صلیب پر اتنی ایذا نہ پہنچی ہوگی، جتنی مجھے اس غالیچے پر لیٹتے وقت حاصل

ہوتی ہے لیکن ایذا پرستی تو انسان کا شیوہ ہے، اسی لئے تو یہ غالیچہ میں اپنے آپ سے جدا نہیں کر سکتا۔ نہ اس کی موجوگی میں مجھے کوئی اور غالیچہ خریدنے کی جرأت ہوتی ہے' میرے پاس بھی ایک غالیچہ ہے' اور میرا خیال ہے۔ کہ مرتے دم تک بھی ایک غالیچہ رہے گا۔

اس غالیچے کو دراصل ایک خاتون خریدنا چاہتی تھی، حضرت گنج میں ایک دکان کے اندر وہ اسے کھلوا کر دیکھ رہی تھی، کہ میری نگاہوں نے اسے پسند کر لیا، اور وہ خاتون کچھ فیصلہ نہ کر سکی اور اسے وہیں چھوڑ کر اپنے بلاؤز کے لئے ریشمی کپڑے دیکھنے لگی،

میں نے منیجر سے کہا: "یہ غالیچہ میں خریدنا چاہتا ہوں"

وہ خاتون کی طرف اشارہ کرتے ہوئے بولا مس روپ وتی ــ شاید ــ اسے پسند کر چکی ہیں۔ شاید! ــ ٹھہریئے۔ میں اُن سے پوچھتا ہوں۔

روپ وتی بولی: "غالیچہ ــ بُرا نہیں!"

"بُرا نہیں؟ کیا مطلب ہے آپ کا!" میں نے بھڑک کر کہا: "ایسا غالیچہ دنیا میں اور کہیں نہیں ہوگا دانتے کے تخیل نے بھی ایسا نقشہ

تیار نہ کیا ہوگا، یہ غالیچہ، ہسپتال کی گندی بالٹی کی طرح حسین ہے، امراضِ خبیثہ کی طرح روح پرور ہے، یہ آگ اور پیپ کا دریا حاتم طائی کے سفر کی یاد دلاتا ہے۔ قدیم اطالوی راہب مصوروں کے شاہکاروں کی یاد تازہ کرتا ہے یہ غالیچہ نہیں ہے۔ تاریخ ہے، انسان کی روح کی!"

وہ مسکرائی، دانت بے حد سفید تھے لیکن ذرا ٹیڑھے میڑھے، اور ایک دوسرے سے بہت قریب، پھر بھی وہ مسکراہٹ اچھی معلوم ہوئی، کہنے لگی: "کیا آپ کبھی اٹلی گئے ہیں؟"

میں نے کہا۔ "اٹلی کہاں! میں تو کبھی حضرت گنج کے اس پار نہیں گیا عمر گزری ہے اسی ویرانے میں، یہ پان کی دکان اور سامنے وہ کافی ہاؤس۔"

منیجر نے اب تعارف کرانا مناسب سمجھا۔ بولا۔ "آپ آرٹسٹ ہیں۔ کاغذ پر تصویر کھینچتے ہیں۔ یہ مس روپ وتی ہیں۔ یہاں لڑکیوں کے کالج میں پرنسپل ہو کر آئی ہیں۔ ابھی ابھی انگلینڈ سے تعلیم حاصل کر کے یہاں۔۔"

وہ بولی۔ "چلئے تو یہ غالیچہ آپ ہی لے لیجئے مجھے تو خاص پسند نہیں۔"

"آپ کا بڑا احسان ہے۔" میں نے غالیچے کی قیمت ادا کرتے ہوئے کہا۔ "کیا آپ میرے ساتھ کافی پینا گوارا کریں گی، چلئے نا ذرا کافی ہاؤس

تک، اگر ناگوارِ خاطر یعنی ——"

"شکریہ۔ مگر میں ذرا یہ بلاؤز دیکھ لوں" وہ پھر مسکرائی۔

مسکراہٹ بھی بھلی معلوم ہوئی، ذہین بیضوی چہرے کا رنگ زرد تھا صندلی رنگ پر لبوں کی ہلکی سی سُرخی اک عجیب رسیلا تضاد سا پیدا کر رہی تھی بلاؤز کا کپڑا خرید کر جب وہ میرے ساتھ چلنے لگی۔ تو لڑکھڑا گئی۔ میں نے ہاتھ سے پکڑ کر سہارا دیا اور پوچھا "کیا بات ہے۔ کیا آپ ہمیشہ لڑکھڑا کر چلتی ہیں؟"

وہ بولی: "نہیں تو......" میں نے غور سے دیکھا۔ پاؤں پر پٹی بندھی ہوئی تھی۔

"زخم ہے؟" میں نے پوچھا۔

"ہاں۔ انگوٹھے کا ناخن بڑھ گیا تھا۔ جلد کے اندر..... جہاز کا سرجن بالکل گدھا تھا...." اُس نے ماتھے پر ساری کا پلّو سرکایا اور جب وہ پہلی بار مڑی تو میں نے اُس کے بالوں میں گردن کے قریب دائیں طرف گلاب کے زرد پھول ٹکے ہوئے تھے، پھر جب وہ مڑی تو ماتھے کا قمقم درخشاں نظر آیا۔ اس سے پہلے کیوں یہ قمقم اس قدر خوبصورت نہ تھا؟

کافی ہاؤس میں بیٹھ کر معلوم ہوا کہ وہ خوبصورت تھی، کچھ تو کافی ہاؤس میں روشنی کا انتظام ایسا ہے کہ مرد بدصورت نظر آتے ہیں، عورتیں حسین۔ پھر — ہاں — کچھ تو تھا، ورنہ یہ لوگ بار بار مڑ کر کیوں دیکھتے تھے، عورتیں تیز نگاہ سے کیوں گھورتی تھیں، بیرے اتنی جلدی میز پر کیوں آجاتے تھے۔ وہ مسکرا کر کہنے لگی..... "دیکھو بیرا، تھوڑا سا گرم دودھ اور گرم پانی ایک الگ پیالے میں۔"

"گرم پانی تو —" بیرے نے رک کر کہا۔

تھوڑا سا گرم پانی، بس۔" وہ پھر مسکرائی، اور بیرا سر سے لیکر پاؤں تک پگھل گیا، جیسے اُس کا سارا جسم شیشے کا بنا ہو، میں اُسے پگھلتے ہوئے دیکھ رہا تھا۔ اُس کے ہونٹوں پر مسکراہٹ آئی، اور اُس کے سارے جسم کو پگھلاتی ہوئی چلی گئی، یہ نگاہ کیا ہے؟ یہ تجلی کیسی ہے؟ کیا یہ کافی ہاؤس کی بجلیوں کا شعبدہ تو نہیں؟

"اور بیرا — انڈے کے سینڈوچ!" وہ پھر بولی۔

بیرے نے واپس آکر کہا۔ "جی انڈے کے سینڈوچ تو ختم ہو گئے۔"

"تھوڑے سے بھی نہیں؟" اُس کی بڑی بڑی معصوم زخمی سی آنکھیں

اور بھی کھلتی ہوئی معلوم ہوئیں، بس لاچار! ایک پلیٹ بھی نہیں؟"
سینڈوچ بھی مل گئے۔

"نہیں بل میں ادا کروں گی۔"
"نہیں یہ کیسے ہو سکتا ہے۔ میں مرد ہوں۔"
وہ ہنسی "بہت پرانی بات ہے۔" اور اس نے بل ادا کر دیا۔
گھر پر نوکر کو غالیچہ پسند نہ آیا۔ ان دنوں ایک تنک مزاج شاعر مہمان تھا جو آزاد بحر میں نظمیں لکھا کرتا تھا۔ شراب پیتا تھا اور پانچ وقت نماز ادا کرتا تھا، اُسے بھی غالیچہ پسند نہ آیا۔ میں نے پوچھا تو بس "ہوں" کر کے رہ گیا، وہ نظمیں جتنی لمبی لکھتا تھا، باتیں اُسی نسبت سے کم کرتا تھا۔
"ہوں" کا کیا مطلب ہے۔" میں نے چڑ کر کہا۔" کچھ تو کہو ان رنگوں کا تناسب"

"ہوں۔"
روپ اُسے بڑے غور سے دیکھ رہی تھی۔ اب وہ کھلکھلا کر ہنس پڑی اُس سڑے جیسے شاعر سے کہنے لگی، اپنی تازہ نظم سناؤ،..... تمہیں معلوم ہے

آج کل اسپنڈر اور لاؤن اطلاعیت کے حق میں نظمیں لکھ رہے ہیں۔"

"ہوں" وہ اپنی داڑھی پر ہات پھیر کر غرایا۔

میں نے روپ سے پوچھا۔"تمہیں کیسے معلوم ہے؟ کیا ان لوگوں نے تمہیں اپنی نظمیں سنائی تھیں۔"

"نہیں۔ لیکن مجھے جو نے بتایا تھا۔"

"کون؟ جو؟"

"جو براؤن، نام نہیں سنا ہے کیا؟ آجکل آکسفورڈ کا محبوب ترین شاعر ہے، ہندوستان میں ابھی اُس کا کلام نہیں پہنچا، لندن میں مجھ پر عاشق ہوگیا تھا، وہ کچھ عجیب، کچھ بیباک، کچھ شرمیلی سی ہنسی کے ساتھ کہنے لگی، اور ماتھے کا قمقم یاقوت کی طرح دمکنے لگا۔

میں نے پوچھا"تمہاری زندگی فتوحات سے پُر معلوم ہوتی ہے!"

"نہیں۔" اُس نے آہ بھر کر کہا اس طرح کہ میرا جی چاہا اُسے گلے سے لگالوں۔

"ہوں!" شاعر بولا۔

روپ مسکرا کر کہنے لگی۔"تمہارا شاعر بہت باتونی ہے......

.....سنو..... تمہیں ایک نظم سناتی ہوں۔"

میری حیرت بڑھتی جا رہی تھی۔ میں نے پوچھا۔ "تم شاعر بھی ہو؟"

"نہیں۔ یہ نظم میری والدہ نے کہی تھی۔"

"ٹھہرو۔ مجھے یہ غالیچہ بچھا لینے دو۔"

غالیچہ بچھ گیا۔ اور نظم روپ نے گا کر سنائی، بنگالی نظم تھی، اداس محزوں شبِ فراق کی جلی ہوئی، شمع کی طرح خوبصورت تھی۔ آواز شعلے کی طرح لرزاں، تاثر شراب کی طرح خمار آگیں، بنگالی دوشیزائیں قطار اندر قطار.... گھڑے اٹھائے ہوئے گھاٹ کی طرف جا رہی تھیں۔ سمندر کی سبز لہریں اچھل رہی تھیں۔ شوجی کا ڈمرو بج رہا تھا۔ پاربتی رقص کر رہی تھیں، برف گر رہی تھی! ......اب فضا خاموش تھی، اور روپ کی آنکھوں میں آنسو تھے...... آنسو رخساروں سے ڈھلک کر غالیچے پر گر پڑے، اور وہ سرخ مستطیل جیسے آگ کا شعلہ بن گئی.....!

"تمہیں جو براؤن سے عشق نہیں ہوا۔" میں نے پوچھا۔

روپ نے اپنے آنسو پونچھ ڈالے۔ بولی۔ مجھے جس لڑکے سے عشق تھا اسے لندن ہی میں تپ دق ہو گیا تھا۔ وہ جہاز پر میرے ساتھ آ رہا تھا، لیکن

راستے ہی میں اس کی موت ہوگئی، عدن سے پرے بحیرہ سُرخ میں!"

"بحیرہ سرخ" میں نے سوچا۔ اور غالیچے کی سرخ مستطیل بحیرہ سرخ بن گئی، اور اس کے گہرے پانیوں میں مجھے اک زرد رُو کھانستا ہُوا چہرہ نظر آیا، اور پھر بھنور میں غائب ہو گیا، محوِ خواب ہے۔ محوِ خواب ہے رُوپ کا محبوب، سرخ سمندر کے پانیوں میں، اور روپ کے آنسو میرے غالیچے پر گر رہے ہیں.....

"ہوں" شاعر نے کہا۔ اور میں نے ایک کتاب اس کے سر پر دے ماری روپ آنسوؤں میں مسکرا دی، بعض اوقات آنسو رونے سے آنسو پینا زیادہ اندوہناک معلوم ہوتا ہے!

روپ!

کیسی عجیب سی لڑکی تھی وہ، لندن میں شاعر جو برابر اُسے محبت کرتا تھا، اور لکھنؤ میں حضرت گنج کا یہ آوارہ مزاج غریب آرٹسٹ اس کی محبت میں گرفتار ہو گیا، یہ جانتے ہوئے بھی کہ یہ زہر ہے وہ کس طرح اس پیالے کو پی گیا۔ یاسیت، نامرادی، بےبسی، عشق کا جواب ہمیشہ عشق کیوں

نہیں ہوتا؟ یہ کیسی آگ ہے جو ایک کو جلاتی ہے اور دوسرے کے دل میں برف کی سل بن جاتی ہے، جو محرومِ تمنا کو آنسو رلاتی ہے اور جانِ تمنا کے لبوں پر تبسم زیر لب سا بھی نہیں لا سکتی۔

میں نے غالیچے کو تھپکتے ہوئے پوچھا۔

غالیچے نے کہا۔ میں صلیب ہوں، میں دکھ اور درد جانتا ہوں۔ دکھ اور درد کی دوا نہیں جانتا!

اور روپ نے کہا۔ یہ قسمت ہے۔ قسمت تمہیں غالیچہ خریدنے کے لئے وہاں لے گئی، قسمت نے تمہیں مجھ سے روشناس ہونے کا موقعہ دیا، اب یہ تمہاری قسمت ہے کہ مجھے تم سے وہ محبت نہ ہو سکی، ہزار کوشش کر لے پر بھی یہ رفاقت محبت میں تبدیل نہیں ہو سکتی۔ یہ قسمت نہیں تو اور کیا ہے؟

پھر کہنے لگی "شاعر اپنے شعر سناؤ"۔

چند روز کے بعد اُس نے یکایک مجھ سے کہا "مجھے تمہارے شاعر سے محبت ہو گئی ہے"۔

"جھوٹ ...... اس جھوٹ سے......"

"اُس کی آنکھیں دیکھیں تم نے"۔ وہ آہ بھر کر بولی "جیسے مسیح دار پر

لٹکا ہو۔ کتنا اندوہ ہے انہیں!"

میں نے کہا: "اگر تم کہو تو میں اپنی آنکھیں اندھی کر لوں۔"

شاید میری تلخی اُسے ناگوار گزری۔ سنجیدہ ہو کر بولی: "کیا کروں۔"

"ہاں دل ہی تو ہے!" میں نے طنزاً کہا۔

"ہوں۔" شاعر بولا۔

جس روز وہ دونوں رخصت ہوئے، میں نے گھر پر اک چھوٹی سی دعوت دی، روپ نے ڈھاکے کی سیاہ ساری پہنی ہوئی تھی۔ آنکھوں میں کاجل گہرا تھا۔ ریشمی چوڑیوں کا رنگ بھی سیاہ تھا، ہر روز اُسے دیکھ کر اجیالے کا، سورج کا، چاند کا، چاند کی کرن کا، روشنی کا احساس ہوتا تھا۔ نہ جانے آج اُسے دیکھ دیکھ کر کیوں تاریکی کا احساس ہو رہا تھا۔ کیوں وہ اس اپنی مکمل کامرانی کے لمحوں میں بھی مجسم یاس وغم کی تصویر دکھائی دیتی تھی؛ کیا یہ غریب آرٹسٹ کے دل کا اندھیرا تو نہیں تھا۔ کیا یہ اُس کے برش کی تاریکی تو نہ تھی! آج میں نے اس سے وہی گیت سننے کی تمنا کی تھی جو اس نے پہلے روز گایا تھا..... مجھے یاد ہے گانے کے بعد وہ ناچی بھی تھی، میں نے اس کا چہرہ نہیں دیکھا، میں اس کے پاؤں دیکھتا رہا، دھندلے

دھندلے تاریک سے پاؤں جن میں حنا کی سرخ لکیر بجلی کی طرح چمک چمک جاتی تھی، اُس تاریکی میں صرف یہاں روشنی تھی، وہ ناچتی رہی، اور میں اُس تاریکی میں حنائی لکیر کا ناچ دیکھتا رہا۔ اور جب ناچ بھی بند ہوگیا، تو میں نے وہ پاؤں اٹھا کر اپنے سینے میں رکھ لئے، کیوں یہ پاؤں آج تک اس سینے میں محفوظ ہیں،..... کیا اس اہرام میں ممیوں کے سوائے اور کسی کے لئے جگہ نہیں؟

جب وہ چلی گئی تو میں پھر غالیچے پر آبیٹھا، زرد گلاب کی اک کلی اُس کے جُوڑے سے نکل کر غالیچے پر پڑی رہ گئی تھی..... میرے دل میں شاید اب روپ کی کوئی یاد باقی نہیں، صرف یہ دو پاؤں ہیں اور اک یہ گلاب کی زرد کلی...... کیسی تصویر ہے یہ؟ مصور ہو کر بھی میں نے شاید ایسی عجیب تصویر اس سے پہلے کبھی نہ بنائی تھی..... پھر؟

میں غالیچے سے پوچھتا ہوں۔

غالیچہ کہتا ہے "میں تو صلیب ہوں، صلیب موت بخشتی ہے، اُسے زندگی کی ترتیب، تناسب، تواتر سے آگاہی نہیں.....

اچھا اسے بھی جلنے دو۔ جو ہوا سو ہوا، اگر زندگی میں زہر ہی کا مزا لینا ہے تو کیوں نہ اسے آرام سے حاصل کیا جائے، اگر شہد میں زہر ہی ملا کے پینا ہے تو کیوں نہ خالص زہر پیا جائے، اگر معصومیت برقرار نہیں رہ سکتی، تو کیوں نہ گہری معصیت کی آغوش میں پناہ لی جائے آؤ، اپنے دل میں ضمیر کی جو اک ہلکی سی شمع رہ گئی ہے اسے بھی خموش کر دیں اور بڑھتی ہوئی تاریکی میں گناہ کے پھیلتے ہوئے دود کو دیکھیں اور زندگی کا منہ چڑائیں اور قہقہے لگائیں محبّت نہ سہی، بوالہوسی سہی!

آرٹسٹ نے اک اور لڑکی سے آشنائی پیدا کر لی، جو دیک میں ملازم تھی، اُس کا نام تھا آشا، لیکن صورت پر بالکل نراشا برستی تھی، ایسی بھو کی لڑکی تھی وہ، کبھی مرد دیکھا ہی نہ تھا، کُتیا کی طرح ساتھ ساتھ لگی پھرتی تھی، بے چاری آرٹسٹ کو شاید اس پر رحم آنے لگا تھا، وہ اس کے ساتھ شفقت برتنے لگا، اک مربیانہ، پدرانہ انداز کے ساتھ اب وہ اسے ہر جگہ لئے لئے پھرتا، لوگ طنزاً اس کے حسنِ انتخاب کی داد دیتے، اور وہ بظاہر بڑے خلوص سے داد قبول کرتا، کوئی کہتا بھئی، بڑی بدصورت ہے وہ، تم نے کیا سوچ کر۔ تو وہ لڑنے پر آمادہ ہو جاتا، گھنٹوں اس کی خوبصورتی کا تجزیہ کرتا، کوئلے سے

اُس نے آشا کی تصویر بنائی تھی۔ اور اپنے سٹوڈیو میں ہر کس و ناکس کو وہ یہ تصویر دکھاتا تھا۔ وہ اپنے زخم دکھا رہا تھا۔ دیکھو..... دیکھو..... دیکھو..... مجھے تمہاری کیا پروا ہے..... میں اپنی روح کا آپ مالک ہوں..... زہر خند! .....کوئلے!

لیکن وہ جو کبھی حضرت گنج کے اُس پار نہ گیا تھا۔ اب وہاں سے بھاگنے کا ارادہ کرنے لگا، فٹ پاتھ پہ چلتے چلتے وہ ہزاروں الٹے سیدھے خواب دیکھنے لگتا، رہگذر کے ہر پتھر پر اسے کسی کے پیروں کے دھندلے دھندلے سائے کانپتے ہوئے معلوم ہوتے، کافی کی پیالی کے ہر سانس میں وہ اُس کے گرم سانس کا لمس محسوس کرتا۔ اور برقی شمعدانوں کے برّاق اجیالے میں اسے ہزاروں قمقم تیرتے ہوئے دکھائی دیتے، یہ ہنسی؛ وہ مڑکر دیکھتا کہاں سے آئی تھی، لیکن یہ تو وہی کشمیری پالتو مینا اپنے پنجرے میں چہک رہی تھی، بلبل قفس کی تیلیاں توڑ کر پرواز کر گئی تھی اور وہ ابھی تک کیوں حضرت گنج کے ویرانے میں مقید تھا..... کیوں؟ کیوں؟ کیوں؟ وہ حنائی لکیر بار بار بجلی کی طرح چمک کر اس سے بار بار پوچھ رہی تھی!

اب جبکہ وہ شہر چھوڑ کر جا رہا تھا اس نے اپنے سب دوستوں کو اس

وبک لڑکی کو، اور اُس کی سب سہیلیوں کو آخری دعوت دی تھی، اور جب دعوت کے بعد سب لوگ چلے گئے تھے۔ تو ویک لڑکی حیران وپریشان اسی غالیچے پر بیٹھی رہی تھی، او پھر یکایک اس کے سینے سے لگ کر رو پڑی تھی؛ یہ گرم گرم آنسو جو اُس کے سینے میں برف کے پھول بنے جا رہے تھے عشق کا جواب عشق کیوں نہیں ہوتا، یہ کیسی آگ ہے جو ایک کو جلاتی ہے اور دوسرے کے دل میں برف کی سِل بن جاتی ہے!

ایک لڑکی غالیچے پر لیٹی تھی، بازو اُوپر کے خطوط وحدانی کے ٹیک میں تھے پاؤں نیچے کے خطوط وحدانی میں، غالیچے نے چپکے سے اس کے دل میں اک سیاہ میخ ٹھونک دی، اہرام کے لئے ایک اور ممی تیار ہوگئی، لیکن وہاں جگہ کہاں تھی، سینے میں اب بھی وہی دو پاؤں ناچ رہے تھے ..... اور وہی گلاب کی اک زرد کلی!

میں نے غالیچے سے پوچھا: "یہ کیسا کھیل ہے؟ میں کس کا منہ چڑا رہا ہوں یہ زخم کس کے ہیں، یہ لڑکی کیوں رو رہی ہے، اگر یہ سب قسمت ہے، تو پھر یہ کاوشش پیہم کیا ہے جو ممی کو بھی زندہ کر دینے پر تلی ہوئی ہے؟"

غالیچے نے جواب دیا "مجھے معلوم نہیں۔ میں تو ایک صلیب ہوں"

جو دل میں سیاہ کیل ٹھونکتی ہے، سپید روشنی نہیں لاتی، جو قسمت کا انجام دکھاتی ہے، اُس کا آغاز و شباب نہیں!

تجھے جلا کر خاک نہ کر ڈالوں!

اس نئے شہر میں!

چار آدمی غالیچے پر تاش کھیل رہے ہیں۔

دو ایکٹر

دو تجار

اور جو تماشا دکھا رہا ہے وہ آرٹسٹ ہے!

تاش کھیلتے کھیلتے ایکٹر اور تجار لڑنا شروع کرتے ہیں، ہاتھا پائی کی نوبت آتی ہے، غالیچہ نوچا جاتا ہے، کیونکہ ایک چال میں ایک تجار غلطی سے یا جان بوجھ کر آٹھ آنے زیادہ لے گیا تھا، میرا گریباں تار تار ہو چکا ہے، کیونکہ جو آدمی لڑائی رفع کرنا چاہتا ہے، وہی سب سے زیادہ پٹتا ہے۔

پھر میں سوچتا ہوں، اس بدمزگی کو دور کرنے کا کیا طریقہ ہے، بذلہ سنجی! ناممکن! گراموفون؟ واہیات! چلئے؟ لعنت! شراب؟ سبحان اللہ!

سب لوگ شراب پی رہے ہیں، آرٹسٹ کی آنکھیں سُرخ ہیں، ہمیشہ ہنستے اور خوش رہنے والا خوش شکل ایکٹر ہمیشہ چپ رہنے والے قبول صورت ایکٹر سے کہہ رہا ہے۔ محبت، محبت، سالا تُو محبت کیا جانے، ابھی کالج کا لونڈا ہے تُو..... ایں..... محبت کا نشہ مجھ سے پوچھ.....سالی یہ شراب بھی بالکل تلخ نہیں ہے..... رانی کو دیکھا ہے تُو نے؟"

"رانی سنہ ۱۹۴۲ء کی بہترین ایکٹرس ہے نا" میں نے پوچھا۔

"جی ہاں، وہ — وہی — سالا تو کیا جانے..... وہ میری محبوبہ ہے..... سمجھے؟..... ایں! میں نے اس کے لئے اپنے ماں باپ کی گالیاں کھائیں..... کئی لڑائیاں لڑیں رقیبوں سے..... اپنا گھر بار چھوڑ دیا..... یہ انگوٹھی سالے دیکھتے ہو، یہ قمیص کے بٹن، یہ کف بٹن، یہ سب سونے کے ہیں، سالے تو کیا جانے..... یہ سب اُس نے دیئے ہیں... تجھے..... مگر میں اس سے شادی نہیں کرونگا۔ کبھی نہیں کرونگا۔ اس نے فیصلہ کن انداز میں کہا۔

"کیوں؟"

وہ مجھے چاہتی ہے۔ پر وہ مجھ سے بہت امیر ہے... وہ چاہتی ہے

کہ مجھ سے شادی کرے، پر میں مر جاؤں گا، اس سے بیاہ نہیں کرونگا۔"

"نہیں اس سے محبت نہیں!" ایک تجار نے پوچھا۔

"لیکن بھئی۔ گھر آئی دولت کیوں چھوڑتے ہو۔" دوسرے تجار نے پوچھا

ایکٹر نے مٹھیاں بھینچ کر کہا: "میں جو ہوں وہی رہونگا۔ میں اُس سے محبت کرتا ہوں لیکن اس کا غلام بن کر نہیں رہ سکتا۔ میں اُس کی محبت چاہتا ہوں۔ دولت نہیں! اوخ!" ایکٹر نے زور سے غالیچے پر ہاتھ مار کر کہا۔ اور پھر قہقہہ لگا کر ہنسنے لگا!

غالیچہ کانپ اُٹھا۔ اُس کا رنگ عجیب سا ہو گیا

"ادھر شراب دے حرامزادے!" وہ اپنے خالی گلاس کو ٹٹول رہا تھا۔

میں نے کہا۔ "رانی؟ ارے بھئی آج ہی تو میں نے اخبار میں پڑھا ہے، کہ رانی نے ایک امریکن سے شادی کر لی۔"

ایکٹر نے آہستہ سے شراب کا گلاس غالیچے پر لنڈھا دیا۔ اُس کی انگلیاں کانچ کی سطح پر سختی سے جم گئیں۔ کانچ اس کی انگلیوں کو زخمی کرتا ہوا ریزہ ریزہ ہو گیا۔

وہ رندھے ہوئے گلے سے کہنے لگا "یہ غلط ہے، بالکل غلط ہے!"

آرٹسٹ نے میز پر سے اخبار اُٹھا کر پڑھا۔

ایکٹر کا چہرہ!...... وہ غالیچے پر دونوں کہنیاں ٹیکے میری طرف دیکھ رہا تھا۔۔ اُسکے چہرے کا رنگ بدلنے لگا۔ اُس کا چہرہ ستا جا رہا تھا۔ ممی کے خد و خال ابھر رہے تھے "یہ غلط ہے۔ بالکل غلط ہے" وہ پھر چیخا، پھر اک دم خاموش ہوگیا۔ دوسرا ایکٹر اُس کے گلاس میں شراب انڈیلنے لگا۔ وہ اب بھی خاموش تھا، لیکن پہلا ایکٹر غالیچے سے لگ کر سسکیاں لے رہا تھا۔ پھر اُس نے غالیچے پر قے کر دی..... مجھے غالیچے کا رنگ اُڑتا ہوا معلوم ہوا۔ سُرخ سے سپید و زرد جیسے یہ غالیچہ نہ ہو زندگی کا کفن ہو۔

رانی! رانی!! رانی!!!

صبح میں نے غالیچہ دھلوایا، اور صاف کرا کے پھر کمرے میں رکھا، کہ میری محبوبہ کمرے میں داخل ہوئی، یہ میری نئے شہر کی محبوبہ تھی، یہاں آکر آرٹسٹ نے پھر عشق کر لیا تھا۔ عشق کرنا کس قدر مشکل ہے۔ لیکن جب عشق مر جائے، اُس کے بعد عشق کرنا کس قدر آسان ہو جاتا ہے! ہے نا! مردود بولتے کیوں نہیں ہو، جواب دو! میری محبوبہ کے ہونٹ موٹے تھے، رخسار بھی موٹے جسم بھی موٹا ہنسی بھی موٹی، عقل بھی موٹی، وہ عورت

نہ تھی، اک دوہرا تہرا غالیچہ تھی، آج اس نے اپنے بالوں کی دو چوٹیاں بنا ڈالی تھیں اور ان میں چنبیلی کے پھول سجائے تھے،

وہ غالیچے پر آکر بیٹھ گئی۔

میں نے اُس کی بلائیں لے کر کہا۔ "آج تو تم قلوپطرہ کو بھی مات کرتی ہو"

"کلوپترا کیا ہے؟" اُس نے پوچھا۔

"مصر کی ملکہ تھی۔"

"میسر؟"

"ہاں مصر، وہ ملک جہاں مرنے کے بعد اہرام تیار ہوتے ہیں اور مُردوں کی ممیاں تیار کی جاتی ہیں..... خدا کرے تمہاری موت بھی قلوپطرہ کی طرح ہو!"

"ہائے کیسی باتیں کرتے ہو، کیا ہُوا تھا اُسے......!"

"سانپ سے ڈسوا کر مر گئی تھی!"

وہ اک ہلکی سی چیخ مار کر میرے قریب آ گئی۔ "ڈراتے ہو مجھے!" اُس نے میرا بازو پکڑ کر کہا۔ پھر وہ ہنسی، اپنی موٹی بھدی ہنسی، جیسے بھینس جگالی کر رہی ہو..... پھر اُس نے اپنے ہونٹ میرے آگے بڑھا دیئے، جیسے کوئی

فیاض جاٹ کسی اجنبی شہری کو گنا چوسنے کو دے دے !

میں نے گنا چوستے ہوئے کہا: "یہ غالیچہ جیتا ایک بار ہے، لیکن مرتا بار بار ہے.....آہ..... یہ موت بار بار کیوں آتی ہے..... اب آ بھی جائے آخری موت !"

"آج یہ تم کیوں بار بار موت کا ذکر کر رہے ہو؟" وہ منمنائی۔

"کچھ نہیں، تم نہیں سمجھو گی" میں نے کہا: "ہاں یہ تو بتاؤ آج تمہارے تازہ لبوں سے، رخساروں سے، آنکھوں سے، بالوں سے، یہ کیسی لطیف خوشبو نکل رہی ہے؟"

"کچھ نہیں! وہ ہنس کر بولی: "آج کھوپرے کا خوشبودار تیل لگایا ہے!"

میں نے غالیچے کی طرف کنکھیوں سے دیکھا، اس کا رنگ اڑتا جا رہا تھا بے چارہ ایک بار پھر مر رہا تھا، اس کی جانکنی مجھ سے دیکھی نہ جاتی تھی! میں گھبرا کر کمرے سے باہر نکل گیا۔

سیدھا اسٹیشن پہنچ گیا، ارادہ تھا، جی بھر کر بیئر پیونگا، نہ صرف اپنے گردوں کو بلکہ اپنی روح کو بھی جلاب دوں گا۔ تاکہ یہ سارا کوڑا کرکٹ بہ جائے نکل جائے، طبیعت ہلکی ہو جائے۔

سینیٹوریم پر بیٹر سے پہلے روپ مل گئی۔

"ارے؟ تم کہاں؟"

جوناگڑھ گئی تھی پہاڑ پر:

"اور شاعر؟"

وہ کھانس کر کہنے لگی، اس نے مجھے چھوڑ دیا ہے

"چھوڑ دیا ہے، کیوں!"

"مجھے تپ دق ہے۔ جوناگڑھ سینی ٹوریم میں گئی تھی نا!"

اس کی نگاہوں میں سبز رنگ کا سمندر تھا، اور اک زرد، نحیف چہرہ بھنور میں غوطے کھا رہا تھا۔ پھر وہ چہرہ بھی غائب ہو گیا، اب شاعر کا سڑا بُسا بشرہ لہروں میں تیرنے لگا، شاعر کا چہرہ سر ہلا کر کہہ رہا تھا "ہوں"

میں نے کہا "کہاں ہے وہ حرامزادہ!"

"جانے دو۔ وہ محزوں انداز میں کہنے لگی۔ اسے گالی نہ دو..... مجھے اُس سے ابھی تک محبت ہے!"

"لیکن"

"ہاں" وہ بولی "اس لیکن کے بعد بھی ——— اب میں اپنے گھر جا رہی

ہوں، میکے، آرام سے مروں گی۔"

"نہیں، نہیں۔" میں نے سختی سے کہا: "اب میں تمہیں نہیں جانے دونگا۔ زندگی نے تمہیں مجھ سے چھین لیا، اب موت کے دروازے تک ہم دونوں اکٹھے چلیں گے، اور اگر اس دنیا کے بعد کوئی دوسری دنیا ہے تو شاید؟ —"

وہ ہنسی، وہی اجیالی ہنسی، وہی صندلی چہرہ، وہی دمکتا ہوا قُم قُم۔

میں نے اُس کی بانہہ پکڑ کر کہا: "گھر چلو — روپ! جیتے جی تم نے مجھے اپنے ساتھ نہ رہنے دیا۔ اب موت کے چند لمحے تو بخش دو۔"

وہ مسکرائی۔ بولی: "تم نہیں جانتے؟ محبت زندگی میں اور موت میں بھی یکساں سلوک کرتی ہے!"

گاڑی نے سیٹی دی۔

وہ بولی: "مجھے امید نہ تھی تم کبھی ملو گے! افسوس ہے کہ میں یہاں رُک نہیں سکتی، ہاں یہ کتاب تمہیں دے سکتی ہوں، لکھے کی نظمیں۔"

گارڈ نے جھنڈی دکھائی۔

وہ اپنے ڈبے کی طرف چل دی، میں اُس کے چہرے کی طرف نہ دیکھ سکا میری آنکھیں پھر اس کے پاؤں پر گڑ گئیں، وہ پاؤں چلتے گئے، چلتے گئے۔

دور جاتے ہوئے بھی گویا قریب آتے گئے، بالکل میرے سینے پر آ گئے،

اور میں نے انہیں اٹھا کر اپنے سینے کے اندر چھپالیا.....

میں نے نگاہ اٹھائی۔

گاڑی جا چکی تھی۔

محبوبہ ابھی تک میری راہ دیکھ رہی تھی۔ بولی کہاں چلے گئے تھے"۔

میں چپ ہو رہا۔

"یہ کونسی کتاب ہے؟"

"اقبال کی۔"

"کیا؟"

"ایک شاعر کی نظمیں ہیں۔"

"مجھے سناؤ۔ کیا لکھا ہے یہ؟"

میں نے کتاب کھولی، پندرھواں صفحہ آنکھوں کے سامنے آیا۔ آہستہ سے پڑھنا شروع کیا "اے خدا تو نے زندگی اپنی مرضی کے مطابق دی۔ اب موت تو میری مرضی کے مطابق بخش دے۔ تجھ سے اور کچھ نہیں چاہتا ہوں خداوند!"

"پھر موت!" وہ بولی "برا شگون ہے۔" اس نے کتاب میرے ہاتھ سے چھین کر الگ کر دی، اور اپنے لب میری طرف بڑھا دیئے۔ غالیچہ اُبل رہا تھا، بالکل آگ تھا۔ شعلوں کا دریا۔ پیپ کا سمندر، زہر کا کھولتا ہوا گرم چشمہ، میں نے اُس سے پوچھا "تم صلیب ہو، تم نے آدمی کے بیٹے کو مسیحا بنا دیا۔ بتاؤ مجھے کیا بناؤ گے؟"

غالیچے نے کہا، جو تم خود بن چکے ہو، اک اہرام — اک کھوکھلا اہرام جس کے سینے میں ممیاں دفن ہیں۔"

میں نے اپنی محبوبہ سے کہا "میرا جی چاہتا ہے۔ اس غالیچے کو جلا کر خاک کر ڈالوں؟"

وہ بولی۔ "ہاں! پرانا تو ہو گیا ہے۔"

"لیکن" میں نے رُک کر افسردہ لہجے میں کہا — "میرے پاس تو بھی ایک غالیچہ ہے۔ اور بھی ایک زندگی ہے۔ نہ اسے بدل سکتا ہوں نہ اُسے.....!!!"

یہ کہہ کر آرٹسٹ گنگنا چوسنے لگا۔

پھانسی کے سائے میں

زندگی کے آخری لمحے کیوں برُے معلوم ہوتے ہیں شاید اس لئے کہ محض جینا ہی کافی ہے۔ محض جینا ہی خوبصورتی ہے..... مجھے فیروزڈا کو کے آخری لمحے یاد آتے ہیں۔ ان دنوں میں کالج میں پڑھتا تھا۔ اور گرمیوں کی چھٹیوں میں ایک دوست کے ہاں رام گڑھ جا رہا تھا۔ تھرڈ کلاس کے ڈبے میں بہت بھیڑ تھی۔ بڑی مشکل سے مجھے کھڑے ہونے کی جگہ ملی، لمبا سفر تھا، کئی گھنٹے اسی طرح کھڑے کھڑے گزر گئے، میرے قریب کی بنچ پر دو ننھی ننھی لڑکیاں بیٹھی تھیں اور اُن کے ساتھ ان کا بھائی جس کی عمر بمشکل آٹھ نو سال کی ہوگی، ان سے پرے ان کی ماں بیٹھی تھی، اس سے پرے پھر دو لڑکے بیٹھے تھے

ان کے کپڑے صاف تھے اور سر پر چھوٹی چھوٹی ململ کی ٹوپیاں۔ ان کے ساتھ ان کی ماں بیٹھی تھی، ادھیڑ عمر کی لالائن جس نے ایک میلے رنگ کی ریشمی دھوتی پہن رکھی تھی۔ اس کا گول چہرہ متین اور غمگین نظر آتا تھا۔ دونوں لڑکے سمٹ کر الگ بیٹھے تھے، اور کبھی کبھی اُن دو ننھی ننھی لڑکیوں کی ماں کو دیکھ لیتے۔ اُن کے چہروں پر غم و غصہ اور خوف کے جذبات ہویدا ہو جاتے، اور پھر وہ اپنا چہرہ پرے کر لیتے اور اپنی ماں کا آنچل پکڑ لیتے ننھی لڑکیوں کی ماں کا چہرہ فق تھا۔ اور بار بار اس کی آنکھوں میں آنسو ڈبڈبا آتے، اور وہ انہیں کالے رنگ کے کھدر کے دوپٹے سے پونچھ لیتی اور پھر کھڑکی سے باہر دیکھنے لگتی۔ اس کا لڑکا اپنی ننھی بہنوں کو میٹھے نوسواد اور کھٹے کچالو اور گنڈیریاں راستے کے مختلف اسٹیشنوں سے خرید کر کھلاتا تھا اور لالائن کے لڑکے اُسے گھور کر دیکھتے اور پھر اپنی ماں سے کسی چیز کی فرمائش کرتے اور پھر لالائن آہستہ سے جھک کر سیٹ کے نیچے سے ایک ٹوکری کا ڈھکنا الگ کر کے سیب یا سنگترے یا کیلے نکال کر اپنے بیٹوں کو دیتی اور وہ اک فاتحانہ انداز سے ان دو لڑکیوں کے بھائی کی طرف دیکھتے اور مزے سے پھل کھانے میں اور اسے دکھا دکھا کر کھانے میں

مصروف ہو جاتے۔

ابھی رام گڑھ بہت دور تھا۔ اور میں کھڑا کھڑا تھک گیا تھا۔ اس لئے میں نے اپنے قریب کی بینچ پر بیٹھی ہوئی ننھی لڑکی سے التفات ظاہر کیا۔ اُسے ایک دو اسٹیشنوں سے کھانے کے لئے چیزیں بھی خرید کر دیں۔ لیکن بڑی پیاری ننھی سی لڑکی تھی۔ وہ بہت جلد میری گود میں آگئی اور میں آرام سے اس کی سیٹ پر بیٹھ گیا۔

اس نے میری ناک سے کھیلتے ہوئے کہا۔ "تم کدھر جا رہے ہو؟"

میں نے کہا۔ "میں رام گڑھ جا رہا ہوں۔"

ننھی نے اپنی ماں سے مخاطب ہو کر کہا۔ "اماں! یہ رام گڑھ جا رہا ہے۔"

ننھی کی ماں نے مجھے گھور کر دیکھا۔ قریب بیٹھی ہوئی لالائن اور اس کے دونوں لڑکوں نے مجھے گھور کر دیکھا۔ اور پھر کسی نے مجھ میں دلچسپی لینا مناسب نہ سمجھا۔ صرف میری گود میں بیٹھی ہوئی لڑکی ہی مجھے حیرت کی نگاہوں سے دیکھ رہی تھی حیرت اور خوشی، میں اس کا ساتھی تھا۔ ہم دونوں رام گڑھ جا رہے تھے۔

میں نے اس سے پوچھا۔ "تمہارے ابا کا کیا نام ہے؟"

"وہ بولی۔ "فیروز!"

"میں نے پوچھا۔ "تمہارے ابّا رام گڑھ میں ہیں؟"

وہ بولی "ہاں میرے ابّا جیل میں ہیں۔"

"جیل میں؟" میں نے پھر پوچھا۔ اس کی بات سمجھ میں نہ آئی تھی، اب دو چار اور لوگ بھی ہماری گفتگو میں دلچسپی کا اظہار کر رہے تھے۔

"ہاں۔ رام گڑھ جیل میں؟ کل اُن کو پھانسی ہوگی!" لڑکی نے نہایت اطمینان سے گنڈیری چوستے ہوئے جواب دیا۔

"جیل؟ پھانسی؟"

یکایک جیسے سارے ڈبے میں سنّاٹا چھا گیا میں نے لڑکی کی اماں کی طرف دیکھا۔ لیکن اس نے اپنا چہرہ اپنے کالے دوپٹے میں چھپا لیا تھا اور سسکیاں لے رہی تھی، اس ڈبے کی خاموشی میں دبی سسکیاں پھیلتی جا رہی تھیں۔ لالائن نے اپنے دونوں بچّوں کو اپنی چھاتی سے چمٹا لیا۔ سب لوگ خوفزدہ سے ہو گئے تھے، جیسے اس چلتی گاڑی میں کسی نے پھانسی کا تختہ اُن کے سامنے کھڑا کر دیا تھا۔ اور وہ اپنی گردن اُسی رسّی میں دیکھ رہے تھے۔

"امّاں۔ ابّا کی پھانسی ہو گی نا!" لڑکی نے بڑے چاؤ سے اپنی امّاں سے پوچھا۔ اماں نے فوراً اُسے بیری گود سے چھین لیا۔ اور زور سے ایک طمانچہ رسید کیا، اور پھر اُسے اپنے کالے دوپٹے میں چھپا لیا۔ لڑکی بہت دیر تک اس کالے دوپٹے میں روتی رہی، لالائن اور اس کے بیٹے اور پرے سرک گئے، فرش پر دو کسان بیٹھے تھے وہ بھی رام رام کرتے ہوئے اُٹھ کھڑے ہوئے اور دور ڈبے کے دوسرے کنارے پر جا کھڑے ہوئے، اس عورت اور اس کی دو لڑکیوں اور اس کے لڑکے کے ارد گرد گاڑی کے مسافروں نے ایک نظر نہ آنے والی چار دیواری کھڑی کر دی اور پھر آہستہ آہستہ اپنی باتوں میں مشغول ہو گئے۔ صرف اُس چار دیواری کے اندر فیروز زاہر اس کی بیوی اور اُس کے بچے اکیلے رہ گئے تھے۔ اور ایک اجنبی ایک طرف دروازے کی دہلیز پر کھڑا تھا اور گاڑی چل رہی تھی۔

اس رات رام گڑھ سے دس میل باہر میرے دوست نے ایک دعوت کا انتظام کیا تھا۔ چاندنی رات تھی۔ لیکن چاند آدھے سے بھی کم تھا۔ اس لئے چاندنی میں سیاہی اور سیاہی میں چاندنی گھلی ہوئی تھی، ایسی رات عجیب پُر اسرار ہوتی ہے، زندگی کسی نا معلوم راستے پر دوڑنا چاہتی ہے، اور اپنے عزیز ترین

دونوں کے چہرے بھی اجنبی معلوم ہوتے ہیں، اس محفلِ رقص و سرود میں مجمع بھی عجیب تھا۔ عورتیں بھی اس دیس کی معلوم نہ ہوتی تھیں۔ یہ سنسنی بھی فطری نہ تھی، بجائے غم کا ہلکا سا غبار مجھے فضا میں پھیرتا ہوا کیوں معلوم ہوتا تھا

میرے دوست نے پوچھا۔ "تم چپ کیوں ہو؟"

"تھکا ہوا ہوں شاید؟"

"اس لڑکی کا رقص تمہیں پسند نہیں۔"

"مجھے نیند آرہی ہے۔"

میرا خیال ہے، میں وہیں اُسی گاؤ تکیے سے سہارا لگائے سو گیا۔ سوتے وقت صرف اتنا یاد ہے، کہ زبان پر شراب کا ہلکا میٹھا ہلکا تلخ ذائقہ باقی تھا۔ لڑکی ناچ رہی تھی۔ گھنگروؤں کی صدائیں اس کی جوان آواز پگھل پگھل کر کہہ رہی تھی۔

پھر مجھے دیدۂ نرِ یاد آیا

میرے دوست نے مجھے جھنجوڑ کر جگایا۔ موٹر بھاگتی جا رہی تھی۔ غالباً محفلِ رقص و سرود ختم ہو چکی تھی۔ اور ہم واپس رام گڑھ جا رہے تھے۔ فضا میں ایک اُجلا پن آرہا تھا۔ اور بہت سے تاروں کے رنگ ماند پڑ گئے

تھے، لیکن دو ایک تاروں کے رنگ نکھر رہے تھے، یکایک ایک تارہ بہت ہی روشن اور حسین نظر آنے لگا۔ دور کہیں مرغ بولا۔ اور پھر گھڑیال نے پانچ بجائے۔

میرے دوست نے کہا "مجھے کیا معلوم تھا تم اتنے نکمے ماندے رام گڑھ پہنچ گے، میں نے تو یہ دعوت تمہاری خاطر منعقد کی تھی، اور تم سوتے رہے!"

میں نے جمائی لے کر کہا "بھئی معاف کرنا، میرے پاس پیسے بالکل نہیں تھے کمبخت کبھی نہیں ہوتے۔ تھرڈ میں آیا۔ اب تم ہی بتاؤ..."

"تھرڈ میں، لاحول ولا۔ بھئی رئیس اندھا دھند نہ کھیلا کرو۔"

"کون رئیس کھیلتا ہے، وہ تو یوں سمجھو کہ — اچھا تو یہ بتاؤ کہ اب ہم کہاں جا رہے ہیں؟"

"جیل خانے میں!"

"جیل خانے میں؟"

"ہاں۔ تمہیں ایک عجیب تماشہ دکھلائیں گے۔ کبھی پھانسی دیکھی ہے تم نے؟"

ٹن !

گھڑیال کی آخری گونج میرے خون کی مدھم روانی میں مل گئی۔ اور پھر اس نے میرے خون کے ذرّے ذرّے کو چونکا دیا۔ ٹن ٹن ٹن، میرے خون کا ہر ذرّہ اس صدا سے گونجنے لگا، اور روانی بڑھتی گئی، اور مجھے اپنا گلا گھٹتا ہوا معلوم ہوا۔ میں نے کچھ کہنا چاہا۔ لیکن خون خود بول رہا تھا۔ اس نے مجھے بولنے نہ دیا۔ میں آہستہ آہستہ اپنا حلقوم سہلانے لگا۔

"شوفر تمہیں معلوم ہے۔ پھانسی کس وقت دی جائے گی؟"

"ساڑھے پانچ بجے حضور۔"

"گاڑی تیز چلاؤ۔"

ساڑھے پانچ میں چند منٹ باقی تھے۔ جب ہم جیل خانے کے پھاٹک کے اندر داخل ہوئے اور کار کو گھما کر اس طرف لے گئے، جہاں پھانسی کھڑی تھی، یہاں جیل کے ملازمین اور ڈاکٹر، اور چند افسر لوگ جمع تھے، ایک چھوٹے سے میدان میں پھانسی کھڑی تھی۔ دو لمبے لمبے سیاہ کھمبے ایک اندھے کنوئیں کے دونوں طرف کھڑے تھے، اور اس اندھے کنوئیں کے اوپر لکڑی کا ایک تختہ بچھا تھا، اس پر بھی سیاہ رنگ

کیا ہوا تھا، اور دونوں کھمبوں کے درمیان جو دو لوہے کے تار تھے ان کا رنگ بھی سیاہ تھا اور ان دونوں میں ڈیڑھ دو فٹ کا فاصلہ تھا۔ یہ دونوں تار ایک دوسرے کے متوازی دونوں کھمبوں کے بیچوں بیچ چلے جاتے تھے میدان کے چاروں طرف اونچی دیواریں تھیں جن کے اوپر کانچ کے نوکیلے ٹکڑے لگے تھے۔ اور ان سے پرے شمال مشرق میں پہاڑوں کی چوٹیاں دھندلی دھندلی نظر آتی تھیں۔ آسمان اب ابر آلود ہو گیا تھا۔

ہم بھی ڈاکٹر کے پاس جا کر کھڑے ہو گئے، وزیر صاحب کے لڑکے کو دیکھ کر دو ایک افسروں نے ہمیں سلام کیا، چہرے دھندلے دھندلے نظر آنے لگے تھے، قریب کی دیوار کا سایہ ایک سیاہ لبادے کی طرح تماشائیوں کے چہروں پر پھیلا ہوا تھا۔ سب خاموش تھے چند لوگ سگرٹ پی رہے تھے، سگرٹ کا دھواں اور گرم گرم سانس کا دھواں فضا میں بل کھاتا ہوا نظر آتا تھا۔

میں نے آسمان پر روشن ستارے کو ڈھونڈا، جیسے بچہ خواب میں ڈر جانے پر اپنی ماں کی چھاتی ڈھونڈتا ہے، لیکن مطلع ابر آلود ہو چکا تھا اور اب تو ہلکی ہلکی بارش بھی شروع ہو گئی۔ کالی کالی دو چار چھتریاں کھل گئیں،

لیکن بارش بالکل معمولی سی تھی، جیسے ہلکی ہلکی اوس گر رہی ہو۔ ستارہ کہیں نظر نہ آیا۔

میں نے ناامید ہو کر اپنے دوست سے کہا: "چلو چلیں۔"

وہ بولا۔ "بڑے بزدل ہو۔ یہ منظر تمہیں زندگی بھر اور کہیں دیکھنا نصیب نہ ہوگا۔"

کہیں لوہے کا ایک پھاٹک کھلا۔ پھر سفید اُجلے کپڑے پہنے ہوئے ایک درمیانے قد کا آدمی پھانسی کی طرف چلتا ہوا نظر آیا۔ اس کا سر منڈا ہوا تھا۔ اور چہرے پر چھدری سی داڑھی تھی۔ وہ بالکل ہمارے قریب سے گزرا۔ اس کا چہرہ سپید اور شستہ ہوا تھا۔ اور اس کے ہاتھ پیچھے پیٹھ پر بندھے ہوئے تھے۔ وہ ہمارے قریب ایک لمحے کے لئے رُکا۔ اور اپنے پہرہ داروں سے مخاطب ہو کر پھانسی کے کالے کھمبوں کی طرف اشارہ کر کے بولا۔

"وہ آگئی میری جان لینے والی۔"

اس کی مسکراہٹ میں کیسی مردنی تھی۔ اس کی آواز میں کیسی تھرتھراہٹ تھی، جیسے اس زندہ جلد میں ہوتی ہے، جسے چھری کی تیز دھار ذبح کرنے

کے وقت چھو گئے، اس کی چال میں کیسی اکھڑی اکھڑی سی جھجک تھی، جیسے وہ اپنی ٹانگوں سے نہیں لکڑی کی ٹانگوں سے چلتا ہو۔ پھر بھی وہ بہادر آدمی تھا، دلیر آدمی تھا۔ اور بغیر کسی سہارے کے پھانسی کے تختے پر چڑھ گیا اور خدا کا نام لینے لگا، بلند، صاف تیقن آمیز آواز میں.....!

وہ کس طاقت کو بلا رہا تھا۔

میں نے اپنے دوست سے پوچھا "جلاد کہاں ہے؟"

جیسے میرے سوال کا جواب دینے کے لئے ایک آدمی ایک لمبا سفید کوٹ اور پتلون اور سیاہ بوٹ پہنے ہوئے آگے بڑھا۔ اور پھانسی کی طرف چلتا گیا۔ اُس کے سر پر سفید پگڑی تھی، اس کا قد چھ فٹ سے کچھ نکلتا ہوا ہی تھا۔ وہ سیدھا دائیں ہات کے کھمبے کے قریب کھڑا ہو گیا اور اُس نے اپنا ہات لوہے کی چھڑکی پر رکھ دیا۔ جس پر ریشمی ڈوری بندھی تھی، اس کے دوسرے ہات میں ایک سفید کپڑے کا غلاف تھا۔

میرے دوست نے کہا "پرانے زمانے گئے۔ آجکل تو جلاد بھی بڑی مشکل سے ملتے ہیں۔ پچھلے زمانے میں کسی قاتل کا خون معاف کر دیا جاتا تھا۔ اور وہ اس کے عوض میں سرکاری جلاد بنا دیا جاتا تھا حقیقت

یہ ہے کہ اس قاتل کو اسی لئے معاف کیا جاتا تھا۔ اسی شرط پر کہ وہ سرکاری جلاد بن جائے۔

"اور اب"؟ میں نے پوچھا۔

"اب معاملہ دوسرا ہے اب تو قانون اس امر کی اجازت نہیں دیتا کہ محض جلاد بنانے کے لئے کسی کا خون معاف کر دیا جائے، اور عام طور پر لوگ جلاد کے پیشے کو...... میرا مطلب ہے، اچھا نہیں سمجھتے"۔

"وہ کیوں؟ ہم قتل کرنا پسند کرتے ہیں۔ اور پھر اگر کوئی قتل کرے اُسے پھانسی کی سزا بھی دیتے ہیں۔ پھر جلاد کے پیشے میں کیا بُرائی دیکھتے ہیں کیا کہیں انسانی ضمیر کے اندر کوئی پھانس رہ جاتی ہے"؟

"جلاد کے پیشے کے لئے ہمیں امیدوار نہیں ملتے، درانحالیکہ ریاست میں اس کے لئے تنخواہ بھی اور گھوڑا بھی، اور ترقی کا انتظام بھی خاطر خواہ موجود ہے، پھر بھی..... جلاد بننے کے لئے کوئی راضی نہیں ہوتا۔ اور اب تو جلاد کا کام بھی اس قدر آسان ہو گیا ہے۔ بس چند لمحوں کی بات ہے...

میرا دوست کہہ رہا تھا۔ اب فیروز کی پھانسی کے لئے بھی کوئی جلاد نہیں ملتا تھا۔ بہتیری کوشش کی۔ آخر یہ آدمی راضی ہوا۔ یہ اسی جیل میں

کمپونڈر ہے، وہ ایک مرتبہ خود بھی رشوت ستانی کے جرم میں قید ہو چکا ہے مریضوں کو پیٹنے میں بڑی مہارت رکھتا ہے۔ اور زخموں کی چیر پھاڑ میں تو اس کا مقابلہ اور کوئی کمپونڈر نہیں کر سکتا۔

یکایک فیروز نے پوچھا۔ "میرے تار کا کوئی جواب آیا؟"

ڈاکٹر نے سر ہلا کر کہا "مجھے افسوس ہے فیروز تمہارے تار کا کوئی جواب نہیں آیا۔"

رحم کی آخری درخواست بھی ٹھکرا دی گئی تھی۔

"تم اپنے بیوی بچوں سے مل سکتے ہو۔"

یکایک لوہے کا دروازہ پھر کھلا۔ اور دو عورتیں اندر داخل ہوئیں۔ دونوں کے ساتھ بچے تھے، دو ننھی لڑکیاں اور ایک لڑکا اور ایک لال دوپٹہ اوڑھے ہوئی عورت، دوسری عورت کے ساتھ دو لڑکے تھے جنہوں نے چھوٹی چھوٹی سفید ٹوپیاں پہن رکھی تھیں۔ دوپلی ٹوپیاں، دائیں کھمبے پر کالے دوپٹے والی عورت کھڑی ہوگئی، بائیں کھمبے پر وہ لالائن اور اس کے لڑکے۔

"یہ کیا تماشہ ہے؟" میں نے پوچھا۔

میرے دوست نے جواب دیا "وہ لالائن مقتول مہاجن کی بیوی ہے، وہ اس کے دونوں لڑکے ہیں۔"

فیروز نے ہنس کر کہا "چھوٹے شاہ جی، اپنے باپ کے قاتل کی پھانسی دیکھنے آئے ہو۔"

میں نے کہا "یہ انتہائی ظلم ہے، ان لوگوں کو یہاں نہ آنے دینا چاہیئے"

میرا دوست بولا "پہلے تو اس ریاست میں کیا ساری دنیا میں سرِ بازار پھانسی دی جاتی تھی تاکہ سب کو عبرت حاصل ہو۔"

"چھوٹے شاہ جی کا اب کلیجہ ٹھنڈا ہوگا۔" فیروز نے تلوار کی دھار کی طرح تیز لہجے میں کہا۔

دائیں طرف اس کی بیوی اپنے بچّوں کو لئے کھڑی تھی۔ لیکن فیروز نے ان کی طرف نہ دیکھا۔ بس وہ عورت اس کی طرف تکتی گئی، اور فیروز، لالائن اور اس کے بچوں کی طرف دیکھتا رہا۔

یکا یک ننھی لڑکی نے ہاتھ پھیلائے اور کہا "ابّا۔"

ابّا!!

ابّا!!!

فیروز نے ایک لمحے کے لئے شمال مشرق کی طرف مڑکر دیکھا۔ لیکن روشن ستارہ کہیں نہ تھا۔ چار وں طرف بادل چھائے ہوئے تھے۔ اور ہلکی ہلکی بارش ہو رہی تھی۔

میں نے اپنے دوست سے کہا: "یہ انتہائی ظلم ہے۔ ان بچوں کو یہاں آنے کی اجازت نہ ہونی چاہیئے"۔

لڑکی نے کہا "ابّا۔۔۔۔ ابّا۔۔۔۔ ابّا!!!"

فیروز نے آہستہ سے جلاد سے کہا "مجھے جلدی سے غلاف اڑھا دو میں اپنی بچیوں کی صورت نہیں دیکھنا چاہتا"۔

میرے دوست نے جیل کے سپرنٹنڈنٹ سے کچھ کہا۔ اس نے حکم دیا کہ اب دونوں عورتوں اور ان کے بچوں کو وہاں سے پرے ہٹا دیا جائے۔

لوہے کا پھاٹک ایک بار پھر کھلا۔ اور للا لائق اور اس کے دونوں بیٹے باہر چلے گئے۔ فیروز کی بیوی ایک بار رُکی مڑی اور چیخ مار کر اپنے خاوند کی طرف بڑھنا چاہتی تھی۔ کہ پہرہ داروں نے اُس کے منہ پر ہات رکھ دیا اور اُسے لوہے کے پھاٹک کے باہر دھکیل کر دور کہیں جیل خانے

کے دوسری طرف لے گئے۔

میں نے گھڑی دیکھی۔ ابھی ساڑھے پانچ بجنے میں چار منٹ باقی تھے۔

"تم کچھ کہنا چاہتے ہو فیروز!" ڈاکٹر نے پوچھا۔

"دعا کرو۔ میرے لئے دعا کرو۔ سب لوگ میرے لئے دعا کرو" فیروز کی آواز اس غلاف کے اندر سے اس طرح آرہی تھی، جیسے وہ کسی تاریک اندھے کنوئیں میں بول رہا ہو!

جلّاد نے ریشمی ڈوری کا پھندا اس کے گلے میں ڈال دیا۔ اور پھندے کی گانٹھ کو اس کے گلے میں فٹ کر دیا! انصاف کی رسّی!

فیروز زور زور سے اور تیزی سے اپنے خدا کو یاد کرنے لگا۔

وہ کس طاقت کو بلا رہا تھا!

ایک منٹ گزر گیا۔

دوسرا منٹ گزر گیا۔

تیسرا منٹ گزر گیا۔

چوتھا منٹ گزرا ـــــ ٹن! جیل خانے کے گھڑیال نے بجایا۔ گونج فضا میں تھرانے لگی۔

ڈاکٹر نے سفید رومال ہلایا اور دائیں کھمبے کی پھرکی ہلی، اور پھانسی کا تختہ بیچ میں سے شق ہوگیا۔ اور عین اسی لمحے فیروز ہماری آنکھوں کے سامنے سے گم ہوگیا۔ وہ اب ان دونوں تختوں کے نیچے اندھیرے کنوئیں میں اسی ریشمی ڈوری سے لٹکا ہوا دم توڑ رہا تھا۔

صرف چند سیکنڈ کے لئے لاش تڑپی، جس طرح بجلی کا تار جسم سے چھو جائے، ایک سیمابی اضطراری حرکت، کرب اور بے چینی اور رہیب اضطراب، جیسے لاکھوں ٹن پانی کا طوفان یکایک جہاز سے ٹکرا جائے جیسے ریلتا ہوا لاوا یکایک کسی آتش فشاں چوٹی سے پھٹ پڑے اور فضا میں آگ ہی آگ برسا دے، جیسے خون کی ہر بوند میں اور ہر دماغ کی ہر نس میں بارود کا فلیتہ یکایک بھک سے اڑ جائے، نہیں، جب بھی نہیں، اس تڑپ، اس اضطراب، اس کرب کا جواب دنیا میں کہیں نہیں ہے، جب روح اور جسم اس طرح زبردستی ایک دوسرے سے جدا کئے جاتے ہیں

وہ اضطراب، وہ حرکت، وہ تڑپ، بجلی کی ٹیڑھی لکیر کی طرح میری روح کو چیرتی ہوئی نکل گئی۔ میں نے اپنی آنکھوں سے اپنے آپ کو مرتے دیکھا۔ اپنے ایمان کو خاکستر ہوتے دیکھا۔ اپنے تہذیب و تمدن کو

خس و خاشاک کی طرح جلتے ہوئے دیکھا۔ وہ انسان، وہ اس کا خدا، وہ اس کی تہذیب جس نے اس پھانسی کو روا رکھا ہے۔ میں نے خون کا بدلہ خون میں لینا چاہا ہے۔ کبھی پنپ نہیں سکتے، کبھی اٹھ نہیں سکتے، کبھی بلند نہیں ہو سکتے۔ فیروز کی صورت یاد نہیں۔ ہاں یاد کے ہر کونے میں پھانسی کا ایک تختہ دیکھتا ہوں جس پر ایک سفید کپڑوں میں ملبوس صورت دیکھتا ہوں اس کا چہرہ غلاف کے اندر ہے اور اس کے بازو پیچھے بندھے ہوئے ہیں۔

یہ صورت، جب بھی اکیلا ہوتا ہوں، میرے سامنے آتی ہے، اور ایک خاموش طعنہ بن کر مجھ سے پوچھتی ہے، مجھے جانتے ہو۔ میں انسان ہوں۔ نیکی اور بدی کا پتلا، ازلی، ابدی انسان۔ تم نے مجھے اک ریشمی ڈوری سے اندھے کنوئیں میں لٹکا رکھا ہے، کیا مجھے کبھی رہائی نصیب نہ ہو گی؟

منتخب یادگار افسانوں کا ایک اور مجموعہ

ایک ایکسٹرا لڑکی

مصنف : کرشن چندر

بین الاقوامی ایڈیشن جلد منظر عام پر آرہا ہے